在这场同严重疫情的殊死较量中，中国人民和中华民族以敢于斗争、敢于胜利的大无畏气概，铸就了生命至上、举国同心、舍生忘死、尊重科学、命运与共的伟大抗疫精神。

——习近平

英雄城記

感恩您为武汉拼过命

《英雄城记》编写组／编

武汉出版社
WUHAN
PUBLISHING HOUSE

(鄂)新登字 08 号
图书在版编目（CIP）数据

英雄城记 /《英雄城记》编写组编．— 武汉：武汉出版社，2020.6（2020.11 重印）
ISBN 978-7-5582-3650-1

Ⅰ．①英…　Ⅱ．①英…　Ⅲ．①日记–作品集–中国–当代②疫情管理–概况–武汉– 2020　Ⅳ．① I267.5 ② R181.8

中国版本图书馆 CIP 数据核字（2020）第 086374 号

编　　者：《英雄城记》编写组
责任编辑：杨建文　杨童舒
　　　　　管一凡　朱梦珍
图片编辑：马　骁
封面设计：马　波
封面摄影：金振强
出　　版：武汉出版社
社　　址：武汉市江岸区兴业路 136 号　　邮　编：430014
电　　话：（027）85606403　85600625
http：//www.whcbs.com　　E–mail：zbs@whcbs.com
印　　刷：湖北新华印务有限公司　　经　销：新华书店
开　　本：787mm × 1000mm　1/16
印　　张：21　　字　数：250 千字
版　　次：2020 年 9 月第 1 版　　2020 年 11 月第 2 次印刷
定　　价：68.00 元

武汉封城第 2 天……

除夕

2020 年 / 1 月 24 日　星期五

阴天有小雨，6℃～ 8℃

没有爆竹焰火，无心举杯欢庆，武汉的除夕夜，万家灯火，却寂静无声。然而，一束光正穿透至暗时刻，上海、广东及军队医疗队驰援武汉。武汉人在微信朋友圈相互转告：“子弟兵来了！”

1月24日，除夕，火神山医院开建

1 月 24 日，人民解放军星夜驰援武汉

1 月 24 日，武汉大学中南医院医护人员的“年夜饭”

不一样的年关

夏凯，男，武汉市民，疫情防控期间参与捐赠活动

这个大年三十，对武汉人来说，实在不好过。

若是往年，到了年关，小区里早就挂满了彩饰灯笼，今年却是冷冷清清的。煮了一碗汤圆，打开电脑，搜索了一部喜剧，试图让自己笑出来。

母亲突然打来视频电话，接通之前，我用最短的时间做好了表情管理，面对母亲，我笑得很开心。母亲一个劲地自责没有提前要我从武汉回来，让我一个人在外过年。说着说着，眼圈开始泛红，声音也有些不自然。“没事！妈，我这挺好的！”我向母亲展示了我装得满满当当的冰箱与堆了满桌的口罩，告诉母亲我吃得挺好，也很安全，没有任何问题。同时再三叮嘱母亲，千万别出门，做好防护，居家隔离，等待消息。

午餐时分，家族微信群里开始抢红包，这让独居武汉的我，有了几分过年的参与感。为了照顾我的情绪，长辈们专门给我发了一个红包，让我在武汉好好过年。这份心意，确实很是温暖。

我的年夜饭很简单，一碗饺子、一个咸鸭蛋、一罐可乐，也算是饭菜齐备。零点后，窗外似乎响起了一阵烟花声，又似乎没有。我的大年三十，就这么结束了。

虽然目前武汉医疗物资匮乏，但武汉人民没有放弃希望。我们在积极自救、广泛互助。同时，也有好多好多热心的朋友，正在积极组织捐款捐物，准备驰援武汉。

昨天，某民间智库的朋友向我表示了关切。我试探性地问她，有没有办法通过她的资源，给武汉捐赠一点医疗物资，没想到她一口答应。他们智库成员打算众筹为武汉捐赠数万只口罩，而当我担忧众筹金额不够时，她毫不迟疑地表示，智库的所有成员已经决定，拿出一个月的工资，全部捐出来支援抗疫。屏幕前的我，差点哭出声来。

我的一位高中同学，目前在北美工作，也加入了北美华人援助群，提供信息，展开捐助与支援。她对我说，华人们真的很爱国，物资会很快备好的，让家乡人放心。

由于医护人员缺乏口罩，我们中南财经政法大学校友群内，有一位师兄倡议，反正大家居家隔离也用不着太多口罩，不如一人捐一个出来，由他开车收集好后送往最需要的医院。在疫情如此严重的情况下，人人都不敢往外跑，对医院更是避之唯恐不及，而这位师兄能主动提出由自己收集口罩送往医院，也许，这就是英雄。

武汉供电速度

张虹萍，女，国网武汉供电公司员工，疫情防控期间参与火神山医院应急物资保供工作

一大早，我戴好口罩，带上了“四库联动”（公司库、省公司库、兄弟单位库、供应商库）的库存资料，赶紧开车出门。街上人很少，有些冷清，但是越往蔡甸走，车越多，到达火神山项目现场，映入眼帘的是一番从未见过的景象，现场一片热火朝天。看着忙碌的英雄们，心里的使命感和责任感油然而生，暗暗想着：我是一名供电战士，现在就在战场，一定要抢时间打赢这场战役！

我找到了公司搭建的临时指挥部，工作会议持续了将近四个小时。会后，我整理了会议记录，坐在车里开始给乐军花、杜方超、朱亚静打电话，由于现场情况和条件限制，有些物资的需求发生了变化，得赶紧联系上他们才行。打完电话布置好任务后已是傍晚五点多，此时才觉得手脚冰凉，一抬头发现天色暗了下来，现场已经灯火通明。

回去的路上，道路两旁灯火闪烁，我想起了远在襄阳的父母。将车停到了路边，给父母打了个视频电话。电话接通了，屏幕里映出爸爸妈妈和姐姐的脸庞，“虹萍，还在忙呢？要注意身体，别太累了，千万别熬夜，睡眠好了才有抵抗力啊！”妈妈说道。我的鼻头一酸，“知道了，爸妈，您二老照顾好自己，待在家里，别出门，今年我没法回家过年了，今天是大年三十，我给您二老拜个早年。”我对爸妈说。“虹萍，你放心忙你的吧，我会照顾好爸妈的，你要记得戴好口罩，做好防护。”

姐姐微笑着说道。没时间说太久，我不舍地挂断了视频电话，想到妈妈几年来被带状疱疹神经痛折磨，我平时工作忙，无暇照顾，今年除夕又不能陪在爸妈身边，眼泪还是不争气地流了出来。

一到家，我赶紧看微信群里的信息：第一批物资的来源，基本上落实了！心里一阵激动。接下来，就是按时到货了，我赶紧嘱咐朱亚静做好物资配送安排。“湖北紫电已装车完毕，马上出发，预计凌晨3点到现场。”“汉南周转库的8台箱变、4台环网箱和架空绝缘线已全部送到。”“电缆已经送到现场。”……大家在微信群里直播着出入库情况和物资到货情况。我一直瞪大了眼睛，生怕错过一条消息。这就是我们的“武汉供电速度”啊！

“妈妈，要拥抱了才能走！”

何娟，女，陆军特色医学中心护士长，军队支援湖北医疗队队员，疫情防控期间先后在武汉市金银潭医院、火神山医院参与医疗救治工作

2020年1月24日，注定是让我毕生难忘的一天。这本是除夕夜阖家团圆的时候，我本可以早点下班回去吃个团年饭，然而，下午4点刚过，我就接到中心通知，准备集结，奔赴武汉。匆匆跟同事交接了一下手里的工作，我马上飞奔回家。

回家一开门，小宇就问：“妈妈，你要去武汉了吗？”看着他天真的笑脸，不知道怎么回答他，只简单地“嗯”了一声，内心是复杂的。没有时间多想，怎么去跟一个五岁的娃解释呢？我开始收拾个人的出差用品。母亲一直跟在身边问需要准备什么，看得出家人的担心和焦虑，但我不知道说些什么，怕说多了情绪失控。因为之前出去参加过实战演练，所以也算积累了一些经验。养兵千日，用兵一时，我把所有能想到的东西往包里装。

手机不停地响，我知道这是领导在催促集结，是使命的召唤。刚背上行囊，小宇就跑过来说：“妈妈，要拥抱了才能走！”我不敢看他，怕眼泪流下来。我抱起娃儿转了一圈，匆匆出了家门。

除夕，我站了12个小时

谢万杰，男，武汉市公安局江汉区交通大队民警，疫情防控期间参与交通疏导工作

今天是除夕，武汉市红十字会医院门诊部人满为患。

清晨7点不到，我就赶到了大队，与其他同事一起测体温，检查口罩、护目镜、测温仪等防护装备，一起做好准备工作。

上午9点，上岗时间到了，也是高峰时段，医院就诊的人特别多。

此时，我注意到一个男人驾车来到医院门前。从车子里下来四个人，从他们谈话中得知，男子是和妻子一起送岳父、岳母来医院就诊的。老两口怕孩子们被传染，非要他们在医院外面等；小两口不放心，站在车前目送着他们的背影，充满担忧，全然忘了自己的车占了道。

“同志，医院门口发热病人出入多，请前面靠边停下来，保存体力，老人还需要你们照顾啊！”我看得出，他们很紧张。青年夫妻一经提醒，马上做了个抱歉的手势，将车开走了。

同事们常说我是个“话痨”，平时只要发现违停车辆就会跟司机说个不停，在抗击疫情的战场上，希望我这张“婆婆嘴”，能够缓解一点他们的焦虑吧。

晚7点，路面上寒风阵阵，天空中雨点时大时小。我站在雨里，直到晚9点，车辆少了，站了12个小时的我才收队回办公室。

武汉封城第 3 天……

春节

2020 年 / 1 月 25 日　星期六

阴天有小雨，4°C～ 6°C

大年初一，中央应对新冠肺炎疫情工作领导小组成立。为减少人员流动，降低感染风险，武汉市关闭过江隧道，三环内（含三环）过江桥梁通行实施体温检测管控。武汉不孤，全国援助从四面八方涌来。武汉市决定在火神山医院之后，再建雷神山医院，火雷压毒，武汉坚强。

汉口和武昌是“异地恋”

祖安森，女，武汉市民，疫情防控期间居家

这几天像是活在电影里。

最初看到“武汉封城”的消息，虽然早有预料，却没有想到会来得这么快。有点想哭，不是想逃，而是一种对未知的恐惧。今年对我而言更加特殊：肚子里的宝宝还没有满三个月，我很怕自己感染上病毒而不能保护他／她；我很怕父母和家人感染上病毒我却使不上力。现在的医疗资源明显不够，而他们又正在最易被感染的年纪；我不知道封城后日常的生活还能不能得到维持，会不会停电停水、物资断供。

好在两天下来，我们依然有水、有电、有网，道路依然清洁，小区有人定期消毒，倒掉的垃圾每天都有人按时收走，加油站也有人 24 小时工作，生活物资的储备仍然充足，超市还在正常营业，物价也在可接受的范围内。

但是也有很多不一样的地方。路上行人很少，只有清洁工还在按时作业，偶尔能看到一两个快递小哥骑着电瓶车驰过；马路上已经没有公交车，出租车也只是偶尔看到几辆；长江二桥上有一些在寒风中走路过桥的人，我想他们也许是病人家属，或是必须跨区去工作的人。今天听到小区里超市的员工说，她骑了一个半小时的自行车从青山赶到武昌来上班。我真无法想象那么多医护人员、环卫工人、超市员工是如何在没有公共交通的情况下上下班的。我第一次见到这样的武汉，万分萧条。

今年春节，我和老公商讨之后决定各回各家、各找各妈。毕竟让谁的父母单独在家我们都无法安心。这是我们在一起的第八个春节，也是第一个没有在一起过的春节。昨天中午收到消息，三镇之间通行也要受限，他匆匆赶到武昌来吃了个年饭就回汉口了，这大概将是我们春节期间唯一的一次见面。今天零时，所有过江隧道关闭、过江桥梁限制通行，我们俩正式变成了“异地恋”。“汉口和武昌是‘异地恋’”的玩笑开了这么多年，没想到这一次竟然成了真。

今天是大年初一，本应是举国欢庆的日子，而此时的武汉，医疗物资严重短缺，医护人员在疫情高压下工作，社交媒体上的谣言满天飞。今天收到了不少外地朋友的信息，有祝福、有慰问，也有对武汉现状的关注，而作为一个身处武汉的人，此刻我最关心的，是我和家人会不会感染，疫情能不能得到控制。

我是一个土生土长的武汉人，在武汉生活了二三十年，中间离家十年在别的城市、别的国家生活，最近刚好又回到武汉。我很想帮助我的城市，帮助这个城市里的同胞们，但我又无能为力。不过还好，至少在这个最困难的时候，我和武汉在一起，和家人在一起，我会和武汉一起挺过去的。

超出了我们的想象

张虹，女，武汉市第一医院护士，疫情防控期间在本院参与医疗救治工作

今天是农历新年，早上急诊一开诊，我们就都穿上了防护服。本以为武汉已经设立了多家定点医院，我院就诊的新冠肺炎患者不会多，但是事实超出了我们的想象。

我看到仍有许多病人涌向医院，短短半个小时前来就诊的病人就几乎坐满了整个急诊科的候诊大厅。预检台的护士不停地提醒就诊的人保持 1 米以上的距离，避免拥挤。救护车也不时送来一些生命垂危的患者，一时间急诊重症抢救室也被患者和家属堵得满满当当。

上监护，上氧气，建立静脉通道，护士长和我带着大家以抢救病人为先，按照事先我给大家介绍的急诊工作模式运转着。不知不觉时间到了下午，临近跟中班医护交接班的时候，一辆救护车把一位重症患者送到了我们急诊科。患者是一位男性，82 岁，来时呼吸、脉搏、血压已经测不出了，虽经我们全力抢救仍然没有复苏成功，家属万分伤心。

我们非常小心地对患者遗体进行了最后的医疗消毒。作为医务工作者我们也有很多的无奈和无能为力，我们只希望在这些危重病人生命的最后能给予他们尊重，这也是对死者及家属的一种告慰！

给自己的青春留点纪念

王兴园，男，武汉建工（集团）有限公司员工，疫情防控期间参与医院隔离病房改造、火神山医院建设等工作

从市四医院出来，我就马不停蹄地赶到了蔡甸，路程 20 多公里。刚到现场，已经有上百台挖掘机在进行土方作业，感觉任务非常紧急。又是一夜没合眼来熟悉现场，我了解到现在要建的医院是治疗新冠肺炎的专门医院，要参照小汤山模式来建。市四医院隔离病房 36 小时建成，现在新建医院要求 10 天建成，我们在不断挑战自己的极限。直到今天白天施工图纸还未最终完成，我觉得这几乎是不可能完成的任务。改建病区和新建一座高标准的传染病医院完全是两个概念，后者难度系数成倍上升。不谈原材料采购、物流运输、设备到场，就连工地上我们集团 2000 多工人的吃喝拉撒，这些后勤保障都是难度很大的。

忙了一天，晚上跟同事们站在施工现场一起吃了盒饭，这也是新年的第一顿晚餐。我们连坐着吃饭的地方都没有，天气很冷，盒饭还没吃完就冰凉了。

还有好多兄弟建设单位也来了，看来要大干一场。可能是慢慢习惯了，也可能是跟同事们在一起，我现在一点都不害怕病毒，大家都干劲十足。

作为一个土生土长的武汉人，这辈子必须要给武汉做点事情，也给自己的青春留点纪念。

武汉封城第 4 天……

2020 年 / 1 月 26 日　星期日

阴天有小雨，2℃～5℃

为斩断疫情传播的一切可能性，武汉停止一切非必要的市内交通，中心城区实行机动车禁行管理。“无论生死、不计报酬”的医护人员，一批批走上战斗一线。这些勇敢的逆行者，让武汉从无助、恐慌中站了起来。

武汉，你行的！

雷鸣，男，武汉市民，疫情防控期间居家

接到通知，武汉市中心城区机动车禁行。

虽然不住中心城区，也要未雨绸缪，我赶紧和老婆说了一声，换上了出门的衣服，戴上了一个一次性口罩和一个带呼吸阀的 N95 口罩，双层口罩下，顿时感觉呼吸有些困难。

我开车去到附近的中百超市，把车停在了马路旁，现在已经顾不上停在路边是否会被扣分了。冲进超市，里面结账的人已经排起了长龙，所有的青菜都已经卖空了，米也卖光了。我抓了剩下的蘑菇、山药、黄瓜，买了八宝粥、鸡蛋，直到提不下了，才去排队结账。问了店里的人，明天依旧会营业，但是不一定有菜了。

把从超市买的东西放进了车里，我又跑到附近的药店。酒精依然没有，之前老婆只买了一大瓶酒精，短短三天，每次进出家门和家里消毒已经用了一半。家里口罩还备了四五十个，暂时不用买了。药店里依旧是人头攒动，收银员用链子锁住大门，不再放人进去。我又买了一些板蓝根和防治呼吸道感染的药。现在根本就不是在乎钱的时候了，我挑着标价最贵的药买，几盒就去了好几百元钱。

回到家里，我从头到脚喷洒酒精，连鞋子、包、手机都没放过。换上了居家服，想起刚才超市、药店里面人挤人，出门长达一个多小时，虽然戴了两层口罩和眼镜，我依旧觉得有些后怕，心跳加速。

坐在沙发上，在手机上翻看着新闻。日本民众捐助的口罩即将抵达武汉。武汉的火神山、雷神山医院陆续开建，无数专业的人在日夜奋战，一连四五十个小时不睡觉，保证着工程的飞快进行，体现着中国速度。武汉各类医院的医生护士纷纷请战，在“生死书”上按下手印，不计报酬，不计生死，抢救病患。全国各地的医疗队、各个企业捐助的物资纷纷抵达武汉，迅速投入到最需要的地方。

武汉，加油！在这么多的帮助下，你行的，一定能够渡过难关！

致敬身边每一位战友

傅佳顺，男，上海交通大学医学院附属仁济医院护士，上海援鄂医疗队队员，疫情防控期间在武汉市金银潭医院参与医疗救治工作

清晨，早早醒来的我发微信给父母报了平安。妈妈说，家中独子赶赴前线，担心得睡不着，可还是理解并支持我的选择，让我不要有顾虑，勇往直前，早日战胜疫情，早日返回家里，听得我心里暖洋洋的。

上午 9 点，我们随各医护小组长前往医院了解情况，并和科室进行对接。面对来势汹汹的疫情，无论是医务人员还是医疗物资都存在短缺。看到当地医务人员克服种种困难，仍然坚守在一线，我们都下定决心，要与他们共同进退，打赢这场没有硝烟的战争。在这过程中，战友们陆续接到通知，下午前往临床一线支援，心中难免有些许忐忑。

科室对接完后已到正午饭点。饭桌前每个人都很匆忙，以填饱肚子为主，氛围比昨天午餐时凝重。院领导再次明确提出“有困难，找组织”，叮嘱不同医院的队友要多协作，多关心，多照顾。我们也感受到了医院和社会各界对我们的支持，这是我们强有力的后盾！

大家都在半小时内匆匆吃完统一安排的简餐来到会议室，我们得到最新消息，原先计划有改变，按照最新的排班进行调整，暂时只排 3 天班，后期随时改变。我找了又找，我的名字不在首批名单上，说不出什么感受。不过，我想，虽然大家赶赴最前线的次序有先后之分，但重要的是我已经做好准备，时刻服从调度和指挥。

中午会议结束，各家医院主动统计物资，做好下一步的使用规划。我们需要把带来的设备集中起来，统一管理，首先供应下午前往临床一线的战友，而后我们开始进行穿脱防护服的培训。突如其来的话语打断了正在进行培训的我们，“还有 5 分钟，请今天上班的战友结束培训，穿好防护服马上出发！”我们来不及和今天下午赶赴病区的战友们告别，只能起身站立，目送他们离开。

我知道，明天，我们也将出发前往最前线！致敬身边每一位战友，也致敬自己！

禁、静、净

王福成，男，摄影师，疫情防控期间用镜头记录封城下的武汉

今天是农历大年初二，武汉雨，封城第 4 天。

为更进一步切断传染源，武汉市中心城区开始禁止机动车上路，言必信，行必果，禁了就静，静了更净。我一大早天还没亮就骑着“小宝马”，拍摄记录了非常时期武汉的沿江大道、中山大道、京汉大道、解放大道的情形。这些地方平时都是人流、车流如织，今天却平静如水。

这些朴实无华的照片，放在平时再一般不过，谁都会拍，无任何艺术欣赏价值，但在特殊的时期，就有它特殊的看点。拍摄当时不觉得，回看后，我的眼睛湿润了，感触很深，曾经热闹非凡、五彩斑斓的美丽之城，如今成了空旷寂静、人车稀少的一座空城。

曾经每天不一样的大武汉，非常时期成了每天一样“静”的大武汉，与之前相比，每个人的心却是不平静的，是忐忑不安的。

我是顶着多大的心理压力每天出去拍片的，只有自己知道。虽无大的壮举，但男子汉大丈夫有责任、有担当，做自己想做的事。

1 月 26 日的楚河汉街

武汉封城第 5 天……

2020 年 1月27日 星期一

阴天，局部零星小雨，3℃～5℃

受习近平总书记委托，李克强总理来到武汉考察指导疫情防控工作。同日，中央指导组进驻武汉，全面加强对一线疫情防控的指导督导。夜幕降临，千千万万武汉人站在窗前，唱着国歌，“武汉加油”响彻全城。

我期待下岗

张一弛，男，武汉市民，疫情防控期间参与志愿服务工作

1 月 23 日武汉封城后，市内公交也随即暂停运营。此时医护人员上下班就成了问题，武汉市民组织了不少志愿服务车队，热心接送医生护士上下班。我在几天前，看到老同学在微信群里聊这事，让他拉我进了车队群。

在车队群里，群主负责调度，把需要用车的信息按照时间段、地点区域分类，填入 Excel 表格发到群里，每半个小时更新一次。车主们需要提前一天在群里看有没有适合自己的路线信息，然后打电话去联系相关的医护人员，按时去接送他们。

今天早上正准备接几个单出门时，却看到了这样的群公告：

“希望大家对此次通告内容予以重视，因为病毒潜伏期长，大家没有专业的消毒经验，加之防疫物资短缺，随时可能被感染而不自知，回家后把病毒带给家人。希望大家可以随着本群的暂停也暂时停止这次志愿活动。”

紧接着又接到了群主的电话：“你这两天先不要送了。”

我两天的志愿者司机生涯便结束了，不过我想，如果有医护人员打我的电话，我还是会戴上口罩出门的，这是一种责任。

仔细想想，从 25 日进入车队以来，仅仅两天，我就已经遇见了许多暖心的事情：

有一位医生送了我一包口罩，提醒我一定要注意自我防护；

有一位护士小姐姐送了我一个小喷瓶，告诉我口罩 4 小时一换，换之前像喷香水一样拿酒精对着自己头上喷，还示范给我看；

有一位护士看到我酒精不多，听她老公说家里楼下小超市的酒精补货了，就买了几瓶塞给我（肯定很贵），坚决不收我钱；

有几位医护人员把自己执业证书的照片发给我，跟我说：“不知道现在到底禁不禁行，要是有交警罚款扣分什么的，你就把这个图给他看，

你是来送我回家的！”

在与这些医护人员的聊天中，我切身体会到，他们的确不容易。

有的医护人员大年三十就返回岗位，已经三天没回家了，打算回家洗个澡拿点生活用品后，就马上回医院，并且做好了从此住在医院的打算。

由于缺乏防护服，一线医护人员们舍不得脱下，往往一件穿 8 个小时，下班后浑身都被汗水湿透。

有一位医护人员是从外地赶回来的，买了张长沙经停武汉的车票，提前联系铁路部门，申请在汉口站下车，只为了能尽快返回医院工作。而他的家人，也都相当支持他的这个决定。

这样暖心感人的瞬间，还有好多好多。想到这些，在家呆坐了一下午的我终于按捺不住了，许多微信群在刷消息，需求仍然不小，于是，检查好我的装备——手机、驾照、车钥匙、84 消毒液、口罩、小喷瓶，我又出门了。

今天晚上只跑了两单，本来计划四单，没想到有两位医生说社区安排车辆接他们了。越来越多的社区开始有了统一调配的出租车，这真是一个好消息！

明天也已确认了两单，一个是从白沙洲到市儿童医院，另一个是从雄楚大道到省妇幼保健院。老婆笑我像个哈士奇一样在家闲不住。

晚上收班回家，看见有人在网上说，那些接送医护上班的志愿者们都是英雄。其实我真不觉得我是个什么英雄，只是在这个时候，觉得自己应该站出来做点什么，仅此而已。出门后，我也会很害怕，不敢摘口罩吃东西，甚至都不敢去上厕所。每天回到家后的第一件事，就是把身上的衣服全部换下来洗掉。

我总在想，当秩序逐渐回归，我就该下岗了。

我期待下岗！

放声歌唱

丹宁，女，武汉市民，疫情防控期间居家

昨天刚收到朋友发来的搞笑视频，一个武汉伢对着黑漆漆的窗外喊："大家一起打开心扉咵天哟！"

今晚这一幕就成为现实。

白天在多个群里看到了隔离的武汉人晚上准备集体唱国歌的短信或截图，还以为是谁的恶作剧，半信半疑。将近晚上 8 点，我和家人好奇地看出去，小区里并没有声音，和过往的隔离后夜晚一样，万籁俱寂，只有星星点点的灯光证明还有人居住。

手机很快"滴滴"发来语音提示，朋友圈里的一波波短视频里，不知哪里的高层建筑灯火通明，众人齐唱国歌，然后就是一个男的大声喊"武汉"，大家齐声回应"加油"。听到这大声的呼喊，眼泪情不自禁地流淌出来。

疫情蔓延初期的恐慌、无助、无奈，封城后的孤独、寂寞、悲壮，家人近在咫尺却无法照顾的无力、内疚、悔恨、忧虑，听到好消息或感受到人性之美的激动、期盼、渴望、感动、高兴……还有更多细微的情绪都被挤压在封闭的空间里，积压在貌似平静的隔离生活里。把它们吼出来，唱出来，这是宣泄，也是宣誓：我们一起，不抛弃，不放弃！

我的一位朋友说，眼泪把口罩打湿了一层又一层，哭得无法抑制。

我和家人说："我们来唱首《我和我的祖国》吧！"

家人说："这么晚了会不会吵到邻居？"

我说："没关系，告诉大家我们都在一起呢！"

我们放声歌唱，一遍、两遍、三遍……

武汉封城第6天……

2020年 / 1月28日 星期二

晴天到多云，-2°C～8°C

武汉，是让钟南山眼含热泪，坚信“肯定能过关”的“英雄的城市”。危急时刻，又见遍地英雄。一个个普通而平凡的武汉人，在社区、在医院、在家里，用血肉之躯阻击疫情的蔓延。

1 月 28 日，汉口西桥社区某小区，社区
安保员拿着小喇叭喊话提醒居民注意防疫

“喻书记，请你帮帮忙……”

喻娟，女，武汉市江岸区一元街三阳社区党委书记、主任，疫情防控期间参与社区防控工作。当天在转运疑似病人后居家隔离，经确认未感染后重返工作岗位

从今天开始，我把社区能上岗的人员分成两批。原本一共有14个人，但一个在外地无法返程，4个有低烧症状，一个休产假，现在加我在内一共只有8个人——每天4个工作人员，再加上4个出租车司机。突如其来的疫情打乱了一切，我必须打起十二分精神带着大家一起把社区防控工作做好。

早上给住在福利院的母亲打了个问候的电话，跟她说近期就不能去看望她了。她表示理解，说自己很好，让我安心工作。

没想到社区的电话坏了，我就直接打印了1000张公告，并把我的手机号写在上面，以便居民有任何情况时能跟我及时取得联系。我预料到电话会比较多，但完全没想到是根本停不下来。

“喻书记，我发烧了，我好害怕，请你帮帮我……”说着，对方在电话里哭了起来。

“喻书记，请你帮帮忙，我爸爸发烧了，我们急需床位。”

我内心很焦急，一边接听电话一边拿纸笔记录。指挥部的文件是要求发热的居民先到所在社区登记，由社区工作人员陪同去卫生服务中心进行初步排查。我的心里“咯噔”了一下，接触发热的居民是有风险的，可我们不派人陪同又无法做检查。环视身边所剩无几的工作人员，我决定自己陪同发热病人就医，在只有一个口罩的情况下，我穿上薄得像纸的一次性雨衣，戴上泳镜，结果自己都被自己滑稽的装扮惊到了……

一位爹爹的儿子不断从北京打来电话，说他的父亲瘫痪在家，身体不适。当时，救护车安排不过来，保姆一个人无法送老人就医，我就带着同事周彩云和一个出租车司机上门去帮忙。当我们三人赶到爹爹家里

火神山医院建设者

火神山医院建设现场

赶赴“火线”

许镜清，男，福建省立医院医生，福建援鄂医疗队队员，疫情防控期间在武汉市金银潭医院参与医疗救治工作

今天是一个千年一遇的“对称”日子，在这个特别的日子里迎来了特别的任务：我们要转战武汉市金银潭医院，赶赴“火线”。金银潭医院是抗疫的前沿阵地，是“炮火”最猛烈的地方。

上午 11 点半，我们开始整理装备。我们医院的林璇主任一直担心大家的防护有纰漏，要求我们再带上一整套防护装备作为备用。此时，接送我们的公交车已在驻地门口等候。驻地距离金银潭医院大概 9 公里，开车 20 分钟左右可以到达。一路上，司机师傅不停地感谢我们。我们在武汉所到的每个地方，遇到的每个当地人，服务员、司机、病患、家属等，他们说得最多的一句话也是“谢谢”。一方有难，八方支援，到达金银潭医院时，我们正好遇上载满医疗物资和生活物资的外地支援武汉的车辆。

我被分配到金银潭医院综合四病区工作，这里有 45 个病人。为了早些熟悉工作环境与流程，我和福建省第二人民医院的李青医生先进入病区。“先看看我妈行吗？她午饭没吃，睡眠也不好，她的病情是不是加重了？”24 床的患者指着 23 床的老人家说道。这是一对母女，老人家不愿开口，忧心忡忡的样子。经过我们的反复开导，老人家终于开口了。老人家顾虑很多，既担心女儿，又担心四处分隔的家人。我们赶紧鼓励她：“您放心，您的病情好转了许多，马上可以复查核酸，离出院不远了。外面情况也在好转，一家人很快就能团圆的。”除了治疗，大多数时候，我们都在安抚患者。因为没有家属陪伴，医护人员成为他们最坚实的依靠。隔着护目镜、面屏，我的视线不太清晰，但仍能看到老人家紧锁的眉头逐渐松开，她终于在女儿和护理人员的帮助下开始进食。

刚为患者做完咽拭子检测，接到通知，一位患者要转到重症监护室，我们护送这位患者到了另一栋楼里的病房。出大楼的那一刻，我才意识到天黑了。“几点了？”一旁的护士问。我说：“不知道，一直在忙，也没注意时间。”这种没有时刻表的忙碌状态一直持续着，提醒你下班的只有接班同事的反复催促。我在红区（污染区）

待了将近 6 小时后，背上已湿透，回到绿区（清洁区）已经是晚上 8 点多了。

回到驻地，我按规定洗了半小时澡，打开手机，领导、家人、朋友的叮嘱祝福一拥而上。和家人视频通话结束，已是晚上 10 点。我吃着可以算是夜宵的晚饭，看着窗外武汉的夜景。三环线仿佛被按了暂停键，空荡荡的，似乎在提醒：武汉还病着，任务还很艰巨。

该咱们上场了！

陈延平，男，中交一公局第八工程有限公司员工，疫情防控期间参与火神山医院水电安装工作

火神山医院和雷神山医院的网络热度持续升温，中交一公局项目部留守的青年员工们都来找我：“什么时候轮到咱们上？”我只能安慰大家：“我们的首要任务是做好自我防护，然后服从统一安排。”晚上 10:20，我浏览着关于火神山医院建设进度的新闻，突然电话铃声响起：“火神山医院急需水电安装支援。”我打电话叫醒了正在熟睡的项目安全总监李博：“走，该咱们上场了！”我们立即联系施工队伍，挑选出十余名技术最好的水电工人组成中交一公局支援队。出门前，妻子对我说：“一定要注意安全。”我亲了亲熟睡的孩子，轻声说：“放心。”

李博为支援队队员检测体温、发放口罩、全身消毒，一切完毕，我们便出发了。从接到通知到奔赴现场，我们仅用了半个小时，一路上我都在思考怎么又快又好地完成任务。到达火神山医院，已是半夜，但这里依旧灯火通明，到处都是忙碌的景象。火神山医院已初具规模。没有时间多想，我带着支援队进入医院，熟悉施工现场、了解水电线路分布。根据指示，我们需要完成 20 间病房的电路铺设。我根据现场情况进行分工，两人一组搭配工作。队员们熟练地打开接线盒，安装火线、零线、地线……李博奔走于各个小组之间，定时为队员更换口罩，及时制止队员摘口罩、揉眼睛等危险行为，一分一秒都不敢松懈。大家手酸了就甩甩手，累了就找块空地坐一下，连续工作了一整夜，最终完成了全部施工任务。

武汉封城第 12 天……

2020 年 / 2月3日 星期一

多云，2℃～ 14℃

军队支援湖北医疗队正式进驻火神山医院。通过网络，火神山这个人们瞩目的地方与世界相连，与生命相连。有人从疫病中重生，有人正怀抱新生命。希望，正在一点点照亮武汉。

工人们正在为火神山医院架设移动通信基站

战斗才刚刚打响

李虎，男，奇安信科技集团员工，疫情防控期间参与火神山医院网络设施建设

昨天，火神山医院正式交付。目送4000多位建设者陆续凯旋离去，我们的战斗，从这一刻才真正开始。

按照指示，今天凌晨1点是我们撤离现场的最后时间。但就在零点，一台天眼设备在与其他厂商设备对接的过程中出现了问题。

撤离现场的时间一分一分地靠近，如果设备之间不能顺利对接，将直接影响信息化系统的运行。我们重新钻进机房排查，紧急协调模块，与其他厂商工程师一同努力，终于实现了设备之间的对接。凌晨1点，我们顺利撤离现场！

今天上午，我们9人又来到了火神山医院的现场。火神山医院正式收治新冠肺炎患者，我们对设备做通电后的调试。几天前进场时我们见到的还是杂乱的工地，现在映入我们眼帘的却是一排排整齐的白色病房。大量头戴安全帽的施工人员正在进行院区道路的最后施工。随着病房中一台台医用仪器的启动，通过包括用于抗疫治疗的医疗网络在内的互联网，火神山医院这个人们瞩目的地方与世界相连、与生命相连。疫情的信息、患者的信息、医疗的信息……一场疫情防控战役的几乎所有信息，都在这里生产、汇聚、输送。

与进驻火神山医院的医护人员一样，我们保障网络安全的战斗，随着患者的入院和救治工作的开始，才刚刚打响！

能活着回来，真好！

朱国超，女，武汉市第六医院医生，疫情防控期间在本院参与医疗救治工作

婆婆确诊入院，一周内，丈夫和公公也陆续“中招”。公公症状较轻居家隔离，婆婆和丈夫病情较重，被转到武汉市金银潭医院隔离治疗，这是我生命里最黑暗的日子。

非常时期，我首先是一名医生，其次才是儿媳、妻子和母亲。孩子还小，无人照料，送到湖南娄底老家托付给姐姐，已经 20 多天没见到她了。昨天晚上视频，女儿带着哭腔问：“妈妈，你什么时候来接我？我好想你！”听到这句话，我忍不住落泪，但我只能回答：“妈妈在战场上打仗，你再坚持一段时间，好吗？”

今天，我收到一个好消息：丈夫达到治愈标准，可以出院。中午，我请了三个小时的假，准备去接丈夫出院。但我临时接待了一位病人，赶往医院的时间比预计的时间晚了两个多小时。我急匆匆赶回家，找了一套衣服出来，开着车就往医院赶。半个月没见，他历经生死，我恍若隔世。天气依旧寒冷，洒在我脸上的阳光却使我感到异常温暖。

“在这儿合张影吧，纪念你的重生！”我上前挽住了他的胳膊。陪着我来的同事笑道：“应该带束鲜花来的。”是呀，应该带束鲜花来的，可是什么都来不及准备。他能活着回来，真好！

这些事情总得有人做

刘俊平，女，美团外卖骑手，疫情防控期间坚守岗位

今天中午，我带着3个骑手，将170份餐送到了湖北省人民医院。我看着医护人员取餐后离开的背影，眼眶一下子湿了，他们实在是太辛苦了。

成为美团骑手已经三年了，在武汉见过很多人，也经历过很多事情，但从来没有见过这座城市这么安静，安静得让人发慌。让我特别感动的是，身边很多骑手都是自愿留下来的，他们说希望能做点力所能及的事情。作为美团武昌火车站区域的站长，我必须以身作则，所以我也决定留下来。

上个月，我加入了一个武汉本地司机自发组织的爱心车队，闲暇时就帮忙接送一些上下班的医护人员，或者帮忙运送口罩、药品等物资。前几天，我加入了美团外卖开展的“医护紧急专供餐”行动，为医护人员免费提供餐品，虽然忙一点，但能够为医护人员出点力，我挺开心的。

我身边的骑手大多是“95后”的年轻人。今天去医院送餐的路上，我问他们害不害怕，这群弟弟妹妹的回答让我非常感动：“这些事情总得有人做，做好防护就行了。”

说实话，说完全不怕（被病毒感染）那是假话，但这些事情总得有人做。配送站每天都会给我们配备口罩和防护服，做好防护其实还是挺安全的。

今天又接到了女儿的电话，她问我啥时候回去。我确实有点对不起她，平时工作就很忙，本来答应她春节回去陪她，现在也食言了。希望疫情早日好转，我能早点回去多陪陪她。

武汉封城第 13 天……

今日立春

2020 年 / 2月4日 星期二

晴天，-1℃～16℃

火神山医院开始收治首批患者，原本空荡荡的道路上，一辆辆救护车载着转运的病人，带着无数的关注与企盼，向着火神山医院的方向奔去。千万人的顽强支撑，让更多人看到了武汉战“疫”的坚定信心。

信心不能输！

万春晖，男，武汉市民，新冠肺炎患者，经治疗后康复

早上 10 点多，我坐上了救护车，一路飞驰到了火神山医院。下车的时候，医院给每个人配了轮椅，可是我没有要，我要自己走！

我一步一步沿着长长的过道走过去。我看见空中飞着的无人机，它一路跟着我，我向它打招呼。屋顶上有一大群摄影记者，我向他们挥手致意，可能他们没有遇到过像我这么精神的患者，也很兴奋，向我挥手。我没想到这是直播，我的朋友在电视上看见我一边挥手，一边走进病房，他们都说："你太给力了！"

进了病房，护士马上给我吸氧，说实话，还真舒服。我没忘记先前答应网友的事，赶紧把整个房间的设施都拍下来，然后把照片发了出去。瞬时全国无数人涌入我的头条号和新开的抖音号，无数留言潮水般涌来，留言更新的速度快得我根本来不及看，太惊人了。

生病以后我一直在发日记和视频，我公开自己的经历不为别的，就是为了让大家多点信心，这个病是可以治疗的！这个时候，什么都可以输，信心不能输！

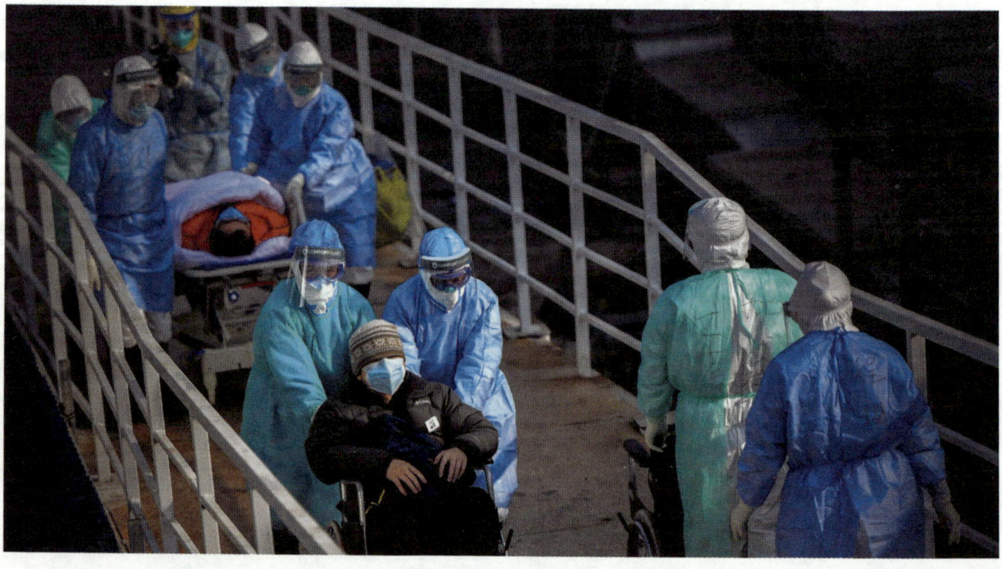

2 月 4 日，第一批 50 名新冠肺炎患者入住火神山医院

让小区的“0”保持下去

陈珍义，男，武汉市洪山区山泉居一期物业工作人员，疫情防控期间坚守岗位

我天天在小区巡查，来来回回地跑，不安全的因素太多了。老伴、女儿、女婿、外孙和我都住在一起，他们有点怨言，我自己也担心：如果自己被感染，再把病毒传染给孩子们，那就麻烦了。

我一个人搬进了我工作的小区，睡在小区活动室临时房里。

“业主们，我今天搬进小区，跟大家一起了！大家有什么需求尽管跟我说。”住进小区后，我在小区群里发了一条消息。

疫情日益严峻，小区也开始实行更严格的管控措施。

大家储备的年货消耗得差不多了，对蔬菜的需求越来越大。我在小区群里问了一句：“有哪位业主有蔬菜供应商的联系方式，告诉我。”有业主给我留言，他晚上会带些菜回来。我赶快告诉大家：“今晚有业主帮忙从中商超市带蔬菜回小区，有黄瓜、西红柿、土豆等，需要的请留意我在群里发的通知，带钱来结账，价格不高。”

下午 5 点多，这位业主带着菜回来了，100 多份蔬菜一下子被其他业主买走了。

居民隔离在家，正常生活受到严重影响，日常生活用品需要补充。我想，整个小区只有我是能自由活动的，我就做起了为居民采购的“快递员”，居民如果有需求，我就尽力去帮他们。

业主关心我，我打心眼里觉得感动。我想着，我累点不要紧，只有小区安全了，居民安全了，我才对得起大家，对得起我所从事的这份工作。今天，有热心的业主送给我一副护目镜，我戴上它工作，觉得更安心了。同时我暗暗下定决心，和大家一起努力，让我们“0”感染、“0”疑似、“0”发热小区的纪录，一直保持下去。

温暖人心的光芒

罗晨，男，武汉市公安局青山区分局民警，疫情防控期间坚守岗位

晚上 7 点，我接到一对独居老人的求助电话，他们是盲人。到老人住处后，我了解到：原来，独居的老人已经在家待了十多天，眼下生活物资已用完，住在汉口的子女因封城回不了家，无奈之下他们向我们求助。

盲人爹爹说："我们平时就给社会添麻烦了，现在特殊时期，我们俩能不出门尽量不出门，以免社会上有些人误解，以为特殊时期政府不管我们这些特殊人群，让我们在街上到处乱逛。"他顿了顿，继续对我说道："我们的生活物资快用完了，打电话是希望你们帮我们联系居委会供应生活物资，绝不是投诉他们。我们知道这段时间大家都蛮辛苦，对不起，还是给你们添麻烦了。"

听完老人质朴的话语，我深受感动，心里五味杂陈，连忙说："不麻烦，不麻烦，这都是我们应该做的！"随后，我帮他们联系上了居委会，确保生活物资在明天送上门。

回去的路上，我就在想，正值抗击疫情的特殊时期，这对独居的盲人夫妇是我们应该重点帮扶的对象，但他们并没有将这种"应该"当作"理所当然"，而是始终怀着一颗感恩的心对待他人的帮助。虽然他们的眼前是黑暗的，内心却是光明澄澈的，他们身上有种光芒，可能像烛光一样微弱，但真的很亮很温暖人心。

武汉封城第 14 天……

2020 年 / 2 月 5 日　星期三

多云转小到中雨，1℃～ 15℃

出院了！协和医院首批被感染的 14 名医护人员全部出院。开舱了！方舱医院开始收治第一批患者。启动了！每日可检测万人份样本的“火眼”实验室试运行。在这样一个寒冬里，还有什么比生命安全和身体健康更加珍贵？

方舱医院内，患者正在接受检查

守护“生命通道”

张延鹏，男，中国医科大学附属盛京医院护士，辽宁援鄂医疗队队员，疫情防控期间在武昌方舱医院参与医疗救治工作

早上 5 点，闹钟准时响起，洗漱、吃饭，但不敢喝水，怕上厕所。6 点，天还没亮，我们就在方舱医院分诊处接班，进行第一次诊疗。

当地通过社区送过来一些患者，今天我们要做的工作就是对他们进行筛查，经过专业谨慎的判断，决定每名患者是进入方舱医院接受治疗，还是进入定点医院接受治疗。

让我印象最深的是一位阿姨，她是孤寡老人，没有任何亲属在武汉。经过判断，我们认为她的病情较重，需要转到定点医院。但社区无法派人转运，目前武汉市内又打不到车，我决定带着她去指挥部联系救护车。指挥部确认无误后立即派人帮助阿姨转院，我心里终于踏实了。阿姨说着我并不能完全听懂的武汉话，但从她的眼里，我能看出她的感激。

我身后的 5 号通道，我叫它“生命通道”。我们接诊的病人就是从这里进入武昌方舱医院接受治疗的。我希望他们都能早日康复，与亲人团聚。下班的时候，我委托同事帮我拍了一张照片，我希望等儿子长大后能带着他重回武汉，告诉他我这个“英雄爸爸”曾经在这里奋斗过的点点滴滴。

72 小时连轴转

张峰，男，武汉玉树临风精品酒店员工，疫情防控期间参与援鄂医疗队后勤保障工作

今天是重庆第三批援鄂医疗队进驻酒店的第三天，72 小时，如同一场战役，历历在目。

2 月 2 日下午，我们酒店接到接待重庆白衣天使的通知，虽然我们也惶恐、迟疑过，但医护人员的勇敢鼓舞了我们，大家克服重重困难，驱车、骑共享单车甚至步行，3 小时内完成集结。酒店西厨“00 后”小伙步行近 3 小时终于到了，他疲惫而坚毅的神情，鼓舞了我们所有人。

从全面的防感染培训，到正式的保障工作；从日常小食的设置，到重庆小面、麻辣烫、酸辣粉等的轮番登场，我们让江城秒变山城。

72 小时连轴转，大家身心俱疲，但看着井井有条的劳动成果又很欣慰。

从消防通道的设置、房间的配备到每日三餐的供给，都凝聚了我们无数的汗水。

不能归家的我们在会议厅临时设置行军床休息，大家毫无怨言。因为我们相信，窗外有蓝天，有全国人民的鼎力支持，武汉一定能过关！

武汉封城第 15 天……

2020 年／2 月 6 日 星期四

阴天有小雨，4℃～ 9℃

雷神山医院开始移交，电话大排查全面启动。数以万计的家庭，数以万计的电话，说到口干舌燥，打到电量全无，一次次的询问，只为了一句：“平安，无恙。”

建设中的雷神山医院

陌生电话里的问候

任茂华，女，武汉市黄陂区财政局干部，疫情防控期间下沉黄陂区前川街康乐社区

接到单位的紧急电话，社区要加派人手到一线，我立即赶往社区。我们十来个人一起在会议室听了社区布置的任务，每人按照桌上的网格资料分别给每一户人家打电话，询问家里是否有人有发热症状，进行第一轮摸排调查。

我拿到满满两盒网格资料，上面有 300 多户人家，三天之内第一轮摸排调查必须完成，这意味着我每天要打 100 多个电话，时间非常紧。

电话一接通，我先进行自我介绍：我是社区工作人员，正在进行疫情排查，可能打扰您……我们 24 小时为您服务。即使这样，还是有人不耐烦，好在大部分人还是比较配合。有一户人家家里只有两位老人。接通电话听完我的介绍后，老人告诉我："家里的儿子媳妇都在医院上班，听孩子们说，现在疫情严重，我和老头子响应政府号召，我们不出门就是为国家做贡献。你们现在出来工作也很危险，要保护好自己。"听到老人的话，我心里暖暖的，很感动。其实，打电话之前，本以为老人的思想工作会更难做，因为他们对过年看得很重，思想比较传统，没想到，他们反倒非常配合。随即，我们把这样的家庭一一做好记录，汇报到社区，组织志愿者定期上门服务。

回到家里，我发现自己嗓子哑了，眼睛酸痛，腰也直不起来，感觉好累。8 点多的时候，我接到一个电话，问我是谁。我有点懵，突然反应过来，可能是哪位居民回拨过来的电话。果然，那人说他在下乡排查。原来是"同行"！他将我要询问的事项直接告知了我，最后道了一声："辛苦了，请多保重！"

为方舱医院送书

高璐璐，女，武汉卓尔书店员工，疫情防控期间为方舱医院送书

早上，我接到给武汉客厅方舱医院的 A 馆布置卓尔图书角的工作任务后，便立刻出门前往卓尔书店。出门时，三岁的儿子问道：“妈妈，外面有病毒，你怎么还要出去？”我笑着回答：“因为妈妈要出门打败病毒，做一个超人！”这是自 1 月 23 日武汉封城以来，我第一次出门，第一次参与到一线工作中。

到达书店后，我和同事便马上开始准备书柜，预估图书需求量，为患者挑选图书。因为希望这些图书能给患者带来力量，所以每一本我们都精心挑选。我们逐本登记、拆封、盖章、打包，对每一本书的信息详细记录，确保不会出错。这是一个量大、烦琐且需要细心的工作。

此外，时间还非常紧，武汉客厅方舱医院在晚上 10 点将会安排患者入住。与时间赛跑，我们不敢有片刻的休息，也没时间吃饭。打包完成，我们立刻将第一批捐赠图书送往武汉客厅方舱医院。

由于运输的车辆只能到医院门口，我们只好把所有的书柜和图书徒手搬进武汉客厅方舱医院内，再进行书柜组装及图书陈列。为了给读者营造良好的阅读环境，在上架图书时，我们按图书类别做了陈列调整。在完成武汉客厅方舱医院卓尔图书角布置后，我又立刻返回书店，为会展中心方舱医院挑选图书、准备书柜，直至深夜 12 点多才回家。一天下来，我虽然很疲惫，但是能为自己的城市贡献一份力量，内心还是感到骄傲的。

武汉封城第 16 天……

2020 年 / 2月7日 星期五

阴天到多云，3℃～ 6℃

在武汉人民遭遇疫情的困难时刻，社区是居民的后盾。为了保障居民生活，关爱居民身心健康，社区工作者夙兴夜寐，保证“不落一户，不漏一人”！所有人都相信，困难一定会过去的。

连线白岩松

杜云，女，武汉市汉阳区龙阳街芳草社区党支部书记，疫情防控期间参与社区防控工作

今天是我们社区完成“应收尽收、应治尽治”任务的第二天，标志着疫情防控到了一个转折点。确保一个都不漏掉的命令，让我们社区工作者看到了希望。

天阴沉沉的，手机铃声像往日一样响个不停。忙碌了一天，晚上 9 点半，我迎来了今天最重要的时刻，在央视《新闻 1+1》节目中与主持人白岩松连线，介绍我们社区防控工作的开展情况。

白岩松首先询问了我们社区的基本情况，特别关注“应收尽收、应治尽治”工作进展。我简单介绍了辖区 3846 户、5012 人排查的情况，并肯定地答复前期排查出的 3 例确诊人员，已于 2 月 5 日晚全部转运至方舱医院、定点医院进行治疗，已经全面完成工作任务。

随后，白岩松又追问，社区这么少的工作人员，能否每天对辖区每一户、每一人都排查到位。我把今天一天工作进行梳理，详细地向他介绍了我们的办法：我们每天上班第一件事就是通过“微邻里”等渠道发信息发通告；然后网格员对所管辖的楼栋，电话联系到每一个人，做到不落一户、不漏一人。我还告诉他，虽然我们只有 7 名工作人员，但我们得到了很多人的帮助，下沉单位的干部、物业公司员工、党员、志愿者等都参与到排查工作中来了。

白岩松问，你们对摸排出的“四类人员”处理是否及时呢？我回答说在每天的摸排结果出来后，我们会立即将了解到的情况上报街道，安排人员检查、治疗、隔离，处理都是很及时的。

白岩松还提出了如何应对居民专业性疑问的问题，我将我们社区的具体做法作了简单介绍，譬如邀请辖区医护人员进群，请他们抽空为居民解答身体不适的相关疑问，减少居民就医出行，避免交叉感染。

最后白岩松对这段时间社区工作人员的辛苦工作表示了感谢，希望大家在服务居民的同时也注意个人身体健康。

结束与白岩松连线回到家已经快 12 点了，刚消毒洗漱完准备睡觉，手机再次响起，“杜书记，求求您帮帮我，我儿子晚上有些发热，吃了退烧药后体温已经正常，但我还是好怕，我睡不着。”电话里是一位母亲在哭诉。我当即指导她用药，告诉她现在去医院容易交叉感染，也许就是一个小小的感冒，先看看，说不定明天就好了。到她情绪稳定下来，又过去了三四十分钟，那位母亲不哭了，也答应不急着送医院，明天再观察观察。

困难一定会过去的

向继军，男，武汉新华扬生物股份有限公司员工，疫情防控期间坚守生产岗位

今天是回公司的第 7 天，明天就是元宵节，回想起这个春节，好似有一年那么久。

新闻报道说，疫情防控期间，要全力保障全国人民的“菜篮子”。群众对肉、蛋、奶的巨大需求，让整个农牧产业链上的企业都在加速生产。我们作为一家生产饲料添加剂的企业，正月初四就有客户来订货了。春节期间，公司只有二十几个同事坚持生产，但订单日益剧增，心急如焚的我在家里哪坐得住，我跟家里人匆匆交待了一声就回到了厂里。

妈妈担心我的安全，劝我不要出门，爸爸深明大义，说：“你赶紧去，你们公司微信群里天天发生产现场的照片，你是车间主任，这个时候不能往后退。”

回厂当天，厂长和我又召集了十几个工人，大家接到返厂电话时无一人推辞，第二天齐刷刷地到厂里报到，让我感动万分。

7天以来，我们40个人像打了“鸡血”似的，生产、包装、对订单、打标签、搬货，哪里有活就往哪里跑，不分你我，不拣轻重。更让我想不到的是，公司高管团队亲自搬货，这给了大家巨大的触动和鼓舞！再苦再累都不值一提，只要所有人团结一心，任何困难都能克服！

生产缺人手，没问题！我们一个顶仨。原料车不能及时赶到，没问题！我们赶到原料车所在地，一包包卸货。物流不通畅，发不了货，没问题！我们申请通行证，调动一切资源把产品送出去。从生产到出货，再到把货送到客户手中，每一包产品都凝聚了大家的心血和汗水，都饱含着几十个人的艰辛付出。感谢我的伙伴们，我为你们而骄傲！我知道，困难一定会过去，我们要做的就是在最终的胜利到来之前，坚持！坚持！坚持！

武汉市洪山区城管执法局机械清扫队工作人员在给洒水车加注消毒液

武汉封城第 17 天……

元宵节

2020 年 / 2月8日 星期六

多云转晴天，5℃～ 9℃

元宵节，阖家团圆的日子。全国各大城市地标建筑点亮灯光，为武汉加油。节日里，医护人员坚守岗位。在他们的精心照料下，患者的病情一天天向好，期待着往后的日子就像汤圆一样圆圆满满。

2月8日，元宵节，两江四岸灯光点亮，武汉加油！中国加油！

在武汉过元宵节

周洁，女，四川省第四人民医院护士长，四川援鄂医疗队队员，疫情防控期间在武汉市红十字会医院参与医疗救治工作

今天是农历正月十五，元宵节。

我和金台、小庆仍在 6 楼发热 12 病区，因为本院有老师生病请假，唐护士长便把悦悦调到我们这儿。尽管事情很多、很杂，但经过流程优化，姐妹们配合非常默契。

8 床婆婆可以转 9 楼 ICU 了，听到这个消息，我激动得差点流泪！准备好必要的抢救用品，我和病区雷震主任、周娟护士长，推着笨重的病床飞一样地跑向电梯。上到 9 楼，安全地将病人交给了 9 楼 ICU 的负责人，调换下来一位病情好转了的婆婆。

返回科室，我收拾好 8 床婆婆的两大袋生活用品。调换下来的婆婆知道我要去 9 楼，拿了一些东西给我，请我带给她还在 9 楼的老伴儿。

返回 6 楼，呼叫器此起彼伏地响起，姐妹们小跑着穿梭于各个病房之间。

一个年轻的小哥哥问我：“你们很忙吗，是不是病人很多？”

“还好，还好！”我回答他。

“天气冷，你们多穿点衣服哦！”

我真想告诉他：自上班起，我的汗水一直顺着脸颊往下流，但我实在不忍心让他为我们担心。

“嗯嗯，你也多穿点，别感冒了哈。”

穿尿不湿 14 天了，今天我第一次像小朋友一样在尿不湿里尿尿了。憋了好久，憋得我膀胱都快爆了，看看时间，还有半小时才下班，而且病房呼叫器还在不停地鸣响。实在忍不住了，终于压力性尿失禁了……好害羞呀。

忙了一天，我们衣服都湿透了，好不容易把班上的日常工作做完，正准备等待接班，办公班老师交给我们 8 个咽拭子采集、6 个血液标本采集任务。标本采集，特别是咽拭子采集，要近距离接触病人，是非常危险的操作，但我们没有任何怨言，分头行动、默契配合，顺利完成了本班工作。

每天下班，洗漱完、做完寝室卫生，坐下来边吃饭边翻看手机的时候都感觉特别幸福。尽管这时候已经累得背都直不起来了，但想到为了消灭病毒“怪兽”，我又多努力了一天，就很满足！况且，今天还收到许多朋友送来的元宵节祝福，简直是双倍幸福！

节日里的好消息

阮方，女，武汉市民，新冠肺炎患者，经治疗后康复

今天医生说我状态不错，复查 CT 后可以慢慢减少药物的用量。这是我这半个月里第 4 次做 CT。下午护士送来检查报告，我打开时手都有点抖，报告提示：“双肺多发磨玻璃密度片影，以左下肺叶为著，较前减少，密度降低。”这又是一个大进步啊，说明这几天的治疗很有成效。

今天是元宵节。都说元宵节是个团聚的节日，可我们一家却分隔在 4 个地方：我在医院接受治疗；当医生的老公在抗疫一线的发热门诊值班；爸爸妈妈是密切接触者，居家隔离中；孩子跟爷爷奶奶住在一起。虽然月圆人不圆，但只要大家健康就好！

晚上跟妈妈视频，她看到我慢慢恢复的状态很欣慰，她说她这辈子做得最对的决定就是选择学医，治病救人一辈子，在关键时刻给家人和朋友提供了很多帮助。说起来我真的是很幸运了，有这么好的医疗条件，有别人没有的“医疗顾问团队”（老公和妈妈），还有亲友组成的“后勤保障团队”，我一定积极配合治疗，出院之后努力工作，回报社会！

武汉封城第 18 天……

2020 年 / 2月9日 星期日

晴天到多云，-1℃～ 15℃

尽管没有硝烟，但决战已经打响。41 架包机将全国近 6000 名医护人员送到天河机场，这是疫情发生以来当日抵达武汉的医疗队员人数最多的一天。中国压上医疗界的精锐王牌，决心和信心不言而喻。

“王炸”会师

胡玉林，男，武汉人，在外地工作，疫情防控期间在汉探亲

今天是我家的“补给日”，昨天预订的一些蔬菜由于需求量大，没有轮到我，好在大白菜、土豆不缺。肉类也补给到位了，有上好的五花肉和排骨。另外还买了纯牛奶，以及梨子等水果，虽然不多，但我已经很开心了。

或许是封城时间长了，或许是看了太多文章勾起内心波澜，最近感觉自己有点脆弱，一段视频就热泪盈眶，一句话就黯然神伤。回头看，已经不知不觉坚持居家十多天了。不禁想，人的潜力真是远超想象，我们都比自己预期的更坚强。

关于武汉的一些好消息持续刷屏。北协和、南湘雅、东齐鲁、西华西，医疗机构四大“天团”会师武汉。网友齐声高呼：“王炸”会师，定能战胜疫情、平安凯旋！

山东、江苏援鄂医疗队来了，河北、河南援鄂医疗队来了，上海、天津援鄂医疗队也来了……全国各地支援湖北的白衣战士齐聚江城，湖北人民用最真诚的心意、最淳朴的话语表达感谢。

2月9日，多支援鄂医疗队抵汉，图为青岛大学附属医院援鄂医疗队到达天河机场

困在城中的日子很乏味，我们就用坚强的内心来抵抗；闭门不出的生活很单调，我们就借“暂停”调整人生节奏。相信阳光总在风雨后，只要我们勇敢、坚强，就会重新拥有阳光灿烂的日子。

有位朋友下午发微信问我是否需要物资，我婉言谢绝了，心想现在各地发往湖北的救援物资很多，物流量很大，我就不要添麻烦了。

一句很熟悉的话突然在我的脑海里出现：生命是一场烟火，相识是最美的绽放。亲人、朋友，还有无数陌生人，在我难过的日子里和我同在，给予我无穷的力量，我感恩遇到的每一个人。

衣服湿了又干，干了又湿

张军，男，武汉市肺科医院医生，疫情防控期间在本院参与医疗救治工作

今天是我加入抗击疫情队伍的第 19 天，我们医院作为第一批定点医院之一，收治的都是危重症患者。

今天有一位重症病人需做床旁超声，了解胸腔积液情况。我穿戴好防护装备，推着床边机向病区出发。22 床患者气喘吁吁半躺在床上吸氧，我吃力地帮他摆好体位，快速扫查胸腔，发现病人胸腔内有大量积液，已经出现肺不张的情况。我马上结束检查，帮病人恢复到最合适体位，继续吸氧，并报告给管床医生。

结束医疗检查后，我又来到院感科，作为消毒小分队的一员，前往新冠肺炎患者住院病区进行环境消毒。这一天下来，衣服湿了又干，干了又湿。

我已经半个多月没回家了，很想念家里默默支持我的妻子和刚满月的儿子。妻子有时会跟我视频通话，让我看一看儿子每天的变化。看着儿子可爱的笑脸，仿佛一天的疲惫都烟消云散了。

武汉封城第 19 天……

2020 年 / 2月 10日 星期一

阴天有小雨，3℃～ 11℃

习近平总书记视频连线武汉市收治新冠肺炎患者的金银潭医院、协和医院、火神山医院时指出，湖北和武汉是疫情防控的重中之重，是打赢疫情防控阻击战的决胜之地。这是一场没有旁观者的人民战争，教育系统同样面临着一场大考。

停课不停学

余慧，女，武汉市民，疫情防控期间居家

为了补给，我每天盯着手机上七八个业主和物业参与的微信团购群：买青菜的、买油的、买面粉面条的、买水果的、买酒精的、买药的、买调料的，但凡能参与团购的，我眉头都不皱就拍下，接着 24 小时关注群消息等待到货，再根据叫号通知下楼取货。

这跟打仗一样的当口儿，女儿妞妞还时不时来一句："妈妈，你过来一下吧！""妈妈，递一个透明胶给我。""妈妈，我的水杯呢？""妈妈，你要不要和我一起做手工呀？"……"妈妈"这个词，都被她叫起了老茧。

老公在工作间隙跑到厨房问一句："好香啊！今天吃什么？"妞妞时不时跑到我跟前，抱着我粗壮的腰问："妈妈，今天妞妞的下午茶是什么啊？要点特别的！""妈妈，早上 10 点的水果怎么还没给我准备好啊？"

我每天的目标，可能和现在所有的家庭主妇一样，只剩做好三餐饭了。

武汉市教育局在网上号召"停课不停学"，唯恐孩子们因为疫情落下了学习。为此教育局征用了四五个网络平台，动员所有的老师，不管是身在疫情封锁中的武汉，还是在市外，都把课备起来，把课授起来。

没有教材？给家长发电子版教材。网络不稳定？给家长传百度云文件。老师把作业电子版发给家长，委婉地请家长抄题，请家长批改作业，并在晚上 6 点前将作业拍成照片发给老师。

体育老师说，生命在于运动，让学生们在学习之余锻炼身体，请家长们在孩子上课间隙录下孩子运动的视频，上传到班级 QQ 群。体育老师还强调他每天都会记录视频打卡孩子的人数，复课以后作为该学年体育分数的主要考核指标。于是，家长除了抄题之外，还要绞尽脑汁地敦促孩子每日运动，视频打卡。

从今天起，我的手机关注焦点转移到学校群、家长群、班级群。班主任的 QQ 信息绝对置顶，任何一次班主任头像的闪动，都牵动着我的脑神经：先检查一遍全部作业是否提交，再点开班主任的对话框。

日子总算有盼头了

平安，女，武汉市民，新冠肺炎患者，经治疗后康复

到今天为止，我已经住院一周了，现在身体状况好转了些，但后背还有点疼。

这两天，我的胃口明显好了很多，刚住院时吃不下饭，现在医院的盒饭我都能吃完。不仅如此，今天朋友给我送了一大盒药膳排骨汤，我也喝了一半。

我最近的作息很规律，晚上 9 点多睡觉，早上 6 点多起床，睡眠质量也好了不少。

我们还组建了病友微信群，大家经常在群里交流治疗经历和心得，相互加油打气。今天，群里有病友说适当活动对康复有好处，我就下床走了一会儿。只是走快了，人还是感觉些微虚弱，有点喘不上气，可能还需要时间调养吧。

这几天看到病房里的医护人员都好辛苦，穿着防护服跑来跑去，要连续工作那么久，不能吃不能喝不能上厕所，我好心疼他们，就主动帮他们打扫病房。

今天还听到个好消息：我妈明天就要出院了，日子总算有盼头了！

方舱医院中的患者正在做呼吸操

武汉封城第 20 天……

2020 年 / 2月 11日 星期二

多云，8℃～ 12℃

武汉市即日起对所有住宅小区实施封闭式管理。面对还在蔓延的疫情，众多新闻工作者不惧风险、深入一线，成为历史的见证者和记录者。此时，现场就是战场，他们都是战士。

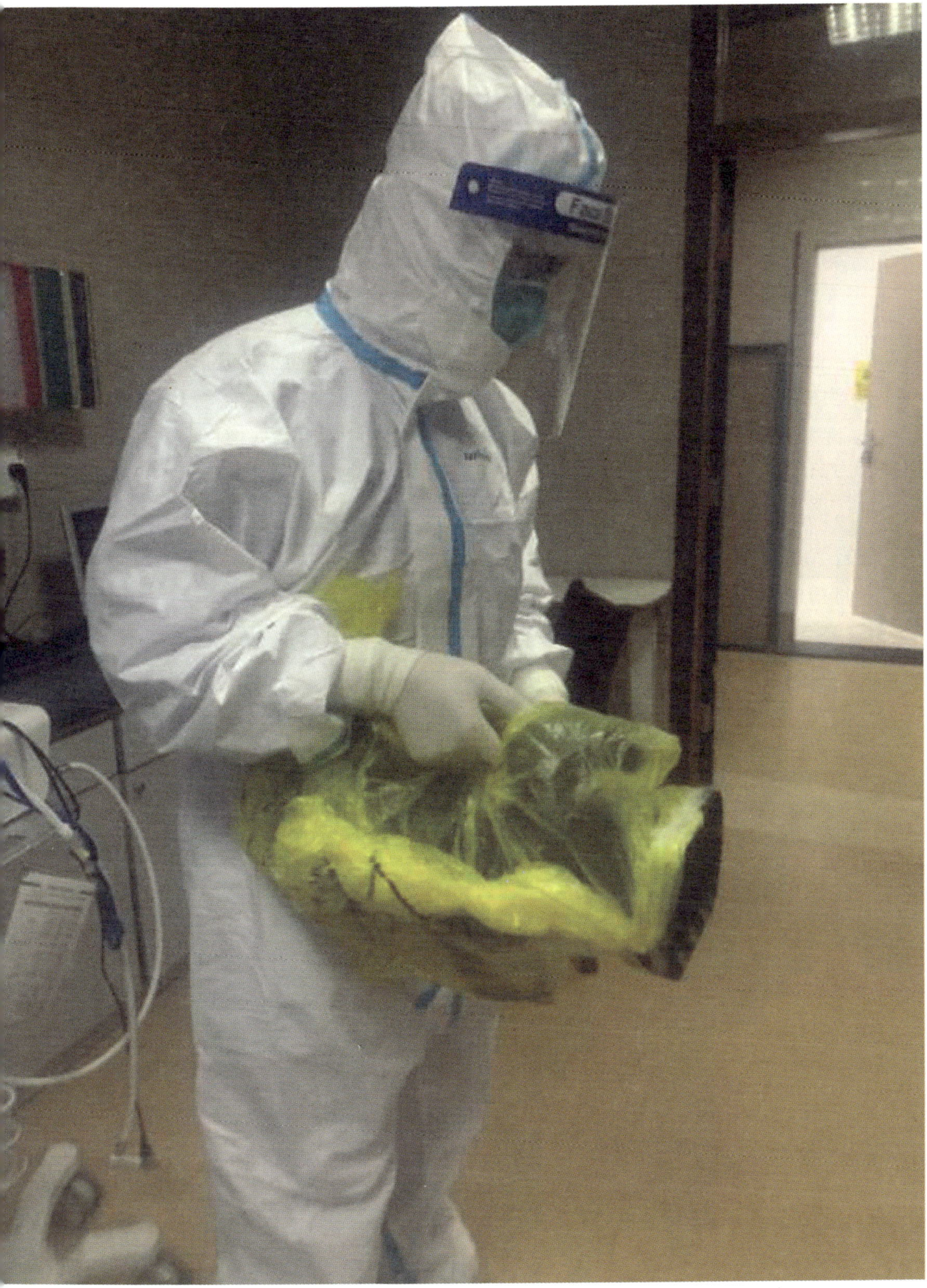

进入红区采访的记者

为抗疫采访搬到酒店

田豆豆，女，人民日报社湖北分社记者，疫情防控期间在武汉参与新闻报道工作

今天凌晨，武汉市发布了社区封闭通告，我第一时间把这个消息转给了人民日报客户端，然后就辗转反侧睡不着了。社区封闭了，我怎么出去采访？只有去酒店住了。早上6点，我看妈妈已经起床，连忙跟她商量：“妈，我得赶在我们小区封闭之前，搬去酒店住，孩子就拜托给您了。”

妈妈有点没好气地说：“你去，我支持你，你常常跑出去采访，我成天提心吊胆，这些我都没有怨言，但这次情况不一样，万一把病毒带回来传给孩子怎么办？你年轻扛得住，我们一老一小扛不住啊！况且，你在家，大年三十都没陪孩子玩，天天采访写稿子，连带着把孩子的生物钟都破坏了。”

我内疚得不敢开口。从1月20日以来，我每天忙忙叨叨的，就算居家办公，也天天忙到凌晨，孩子黏着我，希望多陪她玩一会儿，就强撑着等我一起睡觉讲故事。这下可好，孩子也变成了“夜猫子”，每天凌晨才睡，中午才起床。而她每天上午的睡眠时间，就成了我工作的“黄金时间”，我还心中窃喜。

“去去去！你去了做好防护，千万别大意。你咳嗽还没好，把咳嗽药带上，记得喝药。去了酒店第一件事，就是拿酒精把里面的东西都擦一遍，记住啊！”妈妈是“刀子嘴，豆腐心”，又开始唠叨了。

当我收拾好行李，孩子突然醒了，大喊一声“妈妈”！我连忙跑去房间和她告别，我骗她说：“妈妈今天放假结束了，该上班了，外面有病毒，所以要住酒店。”“不行不行！”孩子眼泪马上出来了。我妈也连忙一起哄：“妈妈是出差，你在家跟奶奶玩！”七嘴八舌的，趁她还没缓过神来，我连忙提着行李出门了。

到达酒店，汪主任和报社前来支援的第一批记者正在门口集结。汪主任对我说：“我们工作分工做了调整，以后你不跑医疗组，改为领衔带社区组。今天的几个选题是……”我二话没说，立刻接受新分工，脚不沾地地投入战斗。

我和妈妈住在隔离点

过冠蓉，女，武汉市江岸区沈阳路小学三年级学生。其父感染新冠肺炎，经治疗后康复；其母和本人经隔离、检查，确认未感染新冠肺炎

2020 年，一种“新型冠状病毒”在我们武汉肆虐，我的爸爸不幸被击中了。我整晚整晚地做噩梦，梦见爸爸离我而去，梦见我也感染了这该死的病毒……

今天，爸爸被社区的叔叔阿姨送进医院救治，我和妈妈、奶奶也住进了隔离酒店进行隔离。

我们办好入住手续，整理好行李，就快下午 5 点了，我有点饿，就把零食翻出来吃。妈妈认真地说：“省着点吃啊，隔离酒店肯定是没有安排零食的，这些东西，你吃完了可就没有了！”我把所有带来的零食都放在床上数了一遍，一共 44 袋，我又拿出笔记本算了一下，心里想：每天最多只能吃三袋，我还想要分给妈妈一点，看来我自己每天最多只能吃两袋。想到这里，我心里有点难过。

正在这时，传来了敲门声：“401，吃饭了！”妈妈等叔叔们的脚步声都消失了，才打开门，把放在门口的两个袋子拿进来。妈妈拆开袋子，除了盒饭，还有一盒方便面、一盒酸奶、两个冰糖橙和一个矿泉水瓶子。我揭开饭盒，里面是椒盐排骨、冬瓜烧肉、手撕包菜。啊，都是我爱吃的！刚刚的一点点难过，在我咯吱咯吱欢快地啃排骨声中消失了。妈妈拧开那个矿泉水瓶，闻了一下，喃喃地说：“一股中药味！难道这就是传说中的‘肺炎一号方’？”

武汉封城第 21 天······

2020 年 / 2月12日 星期三

多云，7℃～ 14℃

医护勇挑重担，以行动诠释使命；患者坚强乐观，积极配合治疗。“90 后”已长大，用臂膀扛起如山的责任。生命至上，一起打赢这一仗！

我舍不得这身防护服

张愿花，女，西安国际医学中心医院护士，陕西援鄂医疗队队员，疫情防控期间在武汉市第八医院参与医疗救治工作

今天，我很不争气地晕倒了。前几天状态还不错，虽然有过不舒服，但是过几分钟就好了，本以为已慢慢适应了工作节奏和工作强度，没想到却出现意外。早晨一接班，我像往常一样进入病区，为患者测体温、血氧饱和度、血压等生命体征，一圈还没下来，就感觉自己有点儿呼吸困难，头疼恶心。护士长和我说话，我连回答的力气都没有，赶紧坐在一边，想着像前两天一样，缓一缓就好了。等稍微稳定了一会儿，我站起来去拿我的工作记录本，可是眼前一阵眩晕，胃里翻江倒海，身上频冒冷汗，头晕加上护目镜的雾气，我简直要窒息了。但是凭借着仅存的意志力，硬是把呕吐物咽了下去，我舍不得这身防护服，口罩也没有到更换的时间。

护士长看出了我的异样，马上安排同事扶我出去休息，可还没到缓冲区，眼前一黑，我就什么都不知道了。醒来的时候督导坐在我旁边，在她的帮助下，我脱下了防护服，就这样第一次做了“逃兵”。这一刻，我特别讨厌自己的身体，第一批支援团队已经奋战了这么多天，都还在坚持，怎么我才这么几天就倒下了，太丢脸了。

在清洁区，我见到了护士长史露，眼泪在眼眶里打转，我咬着嘴唇挤出了三个字——“对不起”。史护士长笑了，温柔地对我说：“没什么对不起的，你能来武汉就是英雄，先休息一下，还有很多病人等着你去护理。”

和宝贝视频的时候，她居然说出了“妈妈，加油”。简单的四个字，好像是从漫天乌云中射出来的一线阳光，那么耀眼又那么珍贵。挂断视频后，我暗下决心，一定要加油，一定要坚持，给宝贝树立一个好榜样，做一个让她骄傲的妈妈。

“90 后”已长大

李娟，女，重庆市急救医疗中心护士，重庆援鄂医疗队队员，疫情防控期间在武汉市金银潭医院参与医疗救治工作

忙碌的人会觉得时间过得快，来武汉半个月了，时间转瞬即逝。

我在金银潭医院对确诊患者进行临床护理已有 12 天了，一切都日渐顺利。刚开始，病区环境不熟，工作流程不熟，工作搭档之间也不熟，所有的不利因素都是对我们的考验。经过不断的磨合和提升，整个病区的医护团队相处起来也越来越融洽。我能感受到大家的变化，都从普通的护理工作者，成功地变成了合格的全能战士。

小时候看《西游记》，总梦想自己能有孙悟空七十二变的本领，虽然现在七十二变的本领仍没有学会，但十八般武艺还是学了个大概。

是啊，以前老听长辈说“环境造就人”，当时还不太明白是什么意思，现在终于明白了。同时，我也体会到达尔文说的“物竞天择，适者生存”的道理。在逆境中成长的人，为了生存，会想方设法提高自己适应环境的能力，锻炼出自强不息的意志品质。我们现在不正是这样的吗？

工作枯燥乏味，困难重重，但我们想到的办法总是很多，我们不仅能变身“奥特曼”去打“怪兽”，还可以根据环境随时切换身份。病人需要治疗时，我们是护士；需要安慰时，我们是心理专家；需要温暖时，我们是亲人；需要就餐时，我们是配餐员；需要清洁的环境时，我们是保洁员；需要开心娱乐时，我们就和他们一起欢乐起来……从未想过原来自己也可以这么多才多艺。

2003 年“非典”的时候，医护前辈们来保护我们，现在轮到我们这些“90 后”来守护大家，因为我们都长大了！这不仅仅是我们“90 后”的责任和担当，也是感恩。感恩有你有我，有中国这个温馨而有爱的大家庭。正因为自己身在充满正义和爱的国度，还有这么多身怀绝技的同伴随行，我们在逆风路上再也不会感到孤单。

武汉封城第 22 天……

2020 年 / 2月13日　星期四

阴天到多云，4℃～ 19℃

武汉保卫战进入关键节点，党中央调兵遣将，对湖北省委和武汉市委领导班子作出调整充实。攻坚克难，责任在肩；严峻大考，扑面而来。

武汉体育中心方舱医院

黎明正向我们走近

陈林，男，海南省三亚市人民医院医生，海南援鄂医疗队队员，疫情防控期间在江汉方舱医院参与医疗救治工作

今天我的值班时间是14:00—20:00。接班后，绕所有病房走一圈，看一下病人有什么不舒服，有没有需要特殊处理的。一圈走下来花了两个多小时，在穿着防护服的情况下感觉像跑了一个半程马拉松。坐下来休息了一会儿，对需要服药的患者开具医嘱；对刚入舱的患者仔细做好评估，拟定治疗方案；对近3天没有发热、咳嗽症状已缓解的患者及时安排复查核酸及CT检查，符合出院条件的尽早安排出院；对症状重、需要转诊的患者填好转诊记录单，联系定点医院转诊治疗。值班除了常规的诊疗外，还要安抚患者情绪，指导患者生活起居。方舱医院条件还是挺不错的，每一张床都配备有电热毯、整理箱、棉拖鞋、擦手纸、牙膏、牙刷、毛巾、保温瓶、脸盆……每一个床头都配备有电源，供患者充电，很方便。但是因为是封闭式管理，患者不能外出，时间久了难免会烦躁，必须做好解释沟通工作，让他们树立战胜疾病的信心——相信医生、相信政府，我们并肩作战，一起战胜病魔。

对习惯了加班的医生来说，这里的上班时间并不是特别长；但是对于我们穿着防护服的人来说，每一分钟都是考验。进入方舱，护目镜已经开始起雾，视线模糊，眼睛斜来斜去才能慢慢看清，只有等几个小时后雾慢慢变成水滴下来，视野才会稍微清晰一点。护目镜、眼镜、口罩、防护屏都压在脸上，一会儿就疼痛难忍，钻心的痛。摘下口罩后，每个人的脸上都留下了深深的印痕，还有一些已经长了压疮。武汉气温很低，为尽可能降低交叉感染的风险，不能使用中央空调，而我们穿着防护服，不透气，外面冷，里面湿，湿冷湿冷的。但是，看着楼上楼下这么多还在受病痛折磨的患者，我像安抚患者一样对自己说：“这些都不是事，咬咬牙就过去了。”

18:00，晚餐送到，由护士分发至每一个床头，很多病友都自告奋勇地前来帮忙，几百份餐食很快分送完毕。晚餐很丰富，有米饭、青菜、肉、鸡蛋、水果、牛奶，也配备有馒头、稀粥——新冠肺炎患者的康复需要大量营养支持，政府为患者考虑得很周到，工作做得很到位。同事打趣说，比我们医护人员吃得还要好！

吃完晚餐，病友们都出来活动了。大妈们在空地跳起了广场舞、扭起了秧歌，大叔们打起太极拳、练习八段锦，还有人跳起了民族舞。有些人虽然不是很熟练，但都情不自禁地跟着扭起来……温馨的画面，让人忘记了这是在方舱医院，病友们也忘记了病痛，沉浸在这美好时刻。

漫长的 6 个小时转眼间就过去了！摘下护目镜的那一刻，眼前瞬间一亮，只是脸上、鼻梁上、耳后留下深深的印记，像被开水烫过一样。

返回酒店，洗漱完毕已经 22:30 了。打开手机，收到信息的提示音叮叮叮响了三分钟，信息里也承载着很多人的关心、问候与祝福。

窗外，武汉已然灯火阑珊，却没有伊人！夜深了，不正代表着黎明正向我们走近吗？

机器人电话筛查居民体温

朱晓寒，男，武汉东湖新技术开发区政务服务和大数据管理局干部，疫情防控期间参与疫情防控系统信息化工作

今天是全市开展全民测温第 7 天，也是我们技术团队 7 天日夜不眠、开发测试智能机器人电话筛查居民体温系统的最后一天。

2 月 6 日，接到区防控指挥部全民排查测温的要求，我提出要开发人工智能系统，用最快的速度定期排查居民体温是否异常。

今天测试情况非常好。系统自动拨打区内居民电话，由机器人询问居民家庭人数、有无发热人员、有无新冠肺炎患者接触史等问题，并将回答记录自动生成表格反馈给社区工作者。社区工作者不需要逐一和住户联系，仅需根据系统反馈的表格内容，查漏补缺，核实重点信息，联系体温异常居民。系统可以同时拨打 900 个电话，明天开始在关东街道上线，预计 6 个小时可以完成 20 万户居民的电话体温筛查。

祈望所有力量都能用上，早早排查完，切断病毒传播途径。

武汉封城第 23 天……

2020 年 / 2月 14日 星期五

阴天有中到大雨，伴有雷电，11°C～17°C

面对疫情，没人能够置身事外，爱与责任使我们坚定前行。奋战在一线的医护人员们与爱人见上一面已是一种奢望，对他们中的许多人来说，最浪漫的事不是花前月下，而是用行动守护生命。

隔离，不隔爱

华雨辰，女，武汉市青山区钢花小学音乐教师，疫情防控期间参与志愿服务工作

今天是我作为志愿者播音员，在武钢体育中心方舱医院第一天当班。在工作期间，我播放了一些轻柔的音乐和正能量的新闻快讯，想让方舱里的患者们积极配合医生治疗。

今天是情人节，我特意设计了一条口播："也许我们并不是彼此心中最想共度佳节的人，但此刻我们却又真真切切地相伴在一起。情人节是传递爱的日子，所以我提议，给您周围的朋友一个微笑、一句节日的祝福吧，我们彼此鼓励，相约早日康复，一起回家。也给照顾和看护我们的医护人员一句节日的问候，表达我们对他们不远万里驰援武汉、无畏付出和牺牲的感谢！"

除了特意添加的节日口播，我在想，我们还能做些什么？我跟领导商量能不能帮舱友们过生日，领导马上就答应了。我们打听舱友们的姓名和出生日期，竟然发现有位51岁阿姨的生日是今天！时间很紧，我们来不及准备特别的礼物，就准备了生日歌和生日祝福。虽然看不到她的表情，但我觉得她应该挺惊喜的吧。我们费尽心思，就是想告诉舱友们，很多人都在关注他们、关心他们，隔离，不隔爱！

逆行20多天以来，我们起早贪黑、夜以继日地用勇气和汗水抗击病毒，冒着巨大风险，不向病毒低头，只为和时间赛跑！布置方舱医院时，多一张病床，就能少一些等待；接送物资时，我们目睹了八方来援的大货车一辆一辆地开进武汉，没有握手，没有拥抱，只有我们自发、整齐地向他们鞠躬，所有人的眼圈都红红的。那些时刻，我们心中有满满的感恩，浑身有无尽的力量！

满满的都是爱

刘敏，女，江南大学附属医院护士，江苏援鄂医疗队队员，疫情防控期间在华中科技大学附属同济医院光谷院区参与医疗救治工作

由于是紧急出征，临走的那天早上，我没忍心叫醒儿子。公公婆婆看在眼里，知道我心有不舍，于是把他叫醒了，我只匆忙地跟儿子道了一声“妈妈去湖北打怪兽了”，没有给他反应的时间，就按下心中的悸动，大踏步走出了家门。

到达武汉以后，立即投入了战斗。刚开始，事情特别多，我分身乏术，根本无暇顾及家人。

今天有记者到家中采访，想录制一小段儿子的视频，希望儿子可以对妈妈说些话，哪怕只是一句话，但是儿子都拒绝了。先生通过微信视频联系到了我，大家也认为儿子看到我，应该就会畅所欲言了，但令人意外的是儿子仍旧一言不发。我看着小小的他默默地坐在书桌前，拨弄着手中的小纸片……知子莫若母，我想我知道症结所在了。于是，我问儿子：“儿子，你是不是不想妈妈来武汉？”

儿子点了点头。

“儿子，妈妈也很想你，就是这两天太忙了，没来得及跟你视频。妈妈向你保证，以后每天都跟你视频。你说好不好？

“儿子，你的折纸我很喜欢。要不这样吧，你以后每天都给妈妈折一个折纸，然后粘在妈妈的床头，等妈妈回来的时候，咱们一起看一看，床头上一共有多少个折纸，好不好？”

“嗯嗯，好的。我去拿双面胶……”纯真的笑容又回到了儿子的脸上。

对于儿子，我是一个不称职的妈妈！但是，在这场疫情面前，还有很多和我一样不称职的妈妈。我坚信，我们的不称职只是一时的，我也坚信我们少数妈妈的不称职，是为了让更多的妈妈可以称职地去爱自己的孩子，是为了让更多的孩子不失去来自妈妈的爱！

今天是一个特殊的日子，我特意回看了自己和先生微信聊天和视频的记录。从记录中可以看出，从 2 月 9 日至今天，先生的微信视频通话请求被拒绝 3 次，被打断 2 次，实际通话 3 次，共计时长 16 分 49 秒，时间最短的一次是 2 分 10 秒，最长的一次是 8 分 12 秒。每次通话时间不长，但他总不忘提醒我“有时间多休息休息”，他的爱如涓涓细流，总是那么的不经意，却又让人刻骨铭心。在今天这样一个特别的日子里，我再次想起结婚那日许下的诺言：此生唯愿执子之手，与子偕老！

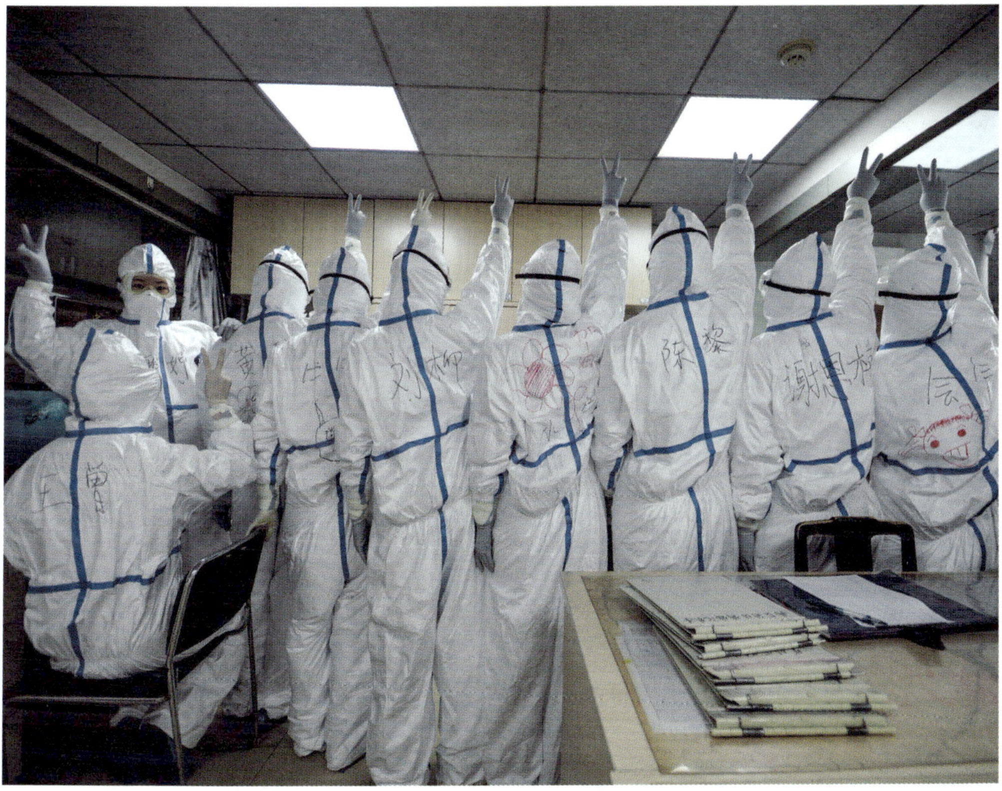

医护人员进入隔离病区前一起加油打气

武汉封城第 24 天……

2020 年 / 2月 15日　星期六

小到中雨转中到大雪，0℃～ 13℃

这个下雪天，最美的不是天地一色的雪景，而是拼搏在疫情防控一线的人。保供工作不停，患者转运有序，这背后，是一个个有牺牲有奉献的故事，是一个个有担当有坚持的身影。

2月15日，中北路，雪中骑行的外卖小哥

鄂A·PF347

2 月 15 日，正在雪中执勤的交警

2 月 15 日，志愿者在武汉大学中南医院外冒雪接收援助物资

2 月 15 日，武汉金桥大道上，环卫工人顶着风雪清扫道路

小伙伴成了“熊孩子”

马婷，女，中国石油天然气股份有限公司湖北武汉销售分公司员工，疫情防控期间参与保供工作

早上被雷声惊醒，窗外大风嘶吼，大雨如注。我赶紧收拾妥当，出门去送油。已经快 7 点了，天却黑得吓人。来到站里，发现贴心的小伙伴蔡东已经在给油罐车加油了。他说：“经理，今天天气这么差，我去送油吧，你连续送了这么多天，歇一天吧。”我心里一阵温暖，却没有答应，毕竟给锅炉加油的工作和方舱医院的环境我都熟悉。我对他说：“你们保护好自己就是对我最大的帮助和支持。”

昨天武汉客厅的余主任打电话说，今天要送两次油，天冷了，用油量大。所以，下午我和运输公司的吴师傅又去了一趟方舱医院，此时，大雨已经变成了漫天飞雪。送油的路上，一辆救护车闪烁着蓝色灯光，向金银潭医院的方向疾驰而去。我在心里祈祷，让武汉好起来吧！

锅炉出了故障，修理好才开始加油，回到站里已经是晚上 7 点半了。雪仍在下，加油站的罩棚戴上了“雪帽子”，我的那些穿着臃肿的小伙伴真的成了“熊孩子”。

听说省公司的朱大哥住进方舱医院了，希望他在里面能感受到来自中国石油大家庭的温暖。

为生命接力

褚迎辉，男，河南省直第三人民医院医生，河南援鄂医疗急救转运队队员，疫情防控期间承担火神山、雷神山等 10 余家重点医院的患者转运工作

今日，武汉天气由雨转大雪，气温骤降，我突然发现自己的身体有些扛不住春天的雪花。

下午接到通知，要从同济光谷院区转运患者至泰康同济医院。出发前，我再次把纸尿裤穿上，这样的天气更要做足准备。4 人小团队提上医疗物资出发，晓宁和玉创反反复复检查防护服的密闭性，生怕有漏洞，出发前还一再叮嘱要小心。队友就像家人一样相互关心、相互支持。

大雪天气视线不好，加上护目镜雾气的出现，一路上我不停提醒朝阳慢点开，反复用毛巾擦挡风玻璃，防止水汽影响视线。高架上的积雪给这次任务带来了很大的挑战。

我们用了 1 小时左右到达光谷院区，楼内陆续出来 5 人，为了避免滑倒，我搀扶患者们上车。一位大哥看到我胸前贴着河南医疗急救转运队的标志，对我说："谢谢河南对我们的支援，我爱人也是河南人，我为河南人骄傲！"虽然救护车顶着风雪艰难行进，车内的气氛却格外温暖。顺利到达泰康同济医院，把他们送到病房，我挥手告别，又独自在病房楼前默默站了一会儿，我知道，他们一定很快就能康复！

武汉封城第 25 天……

2020 年 / 2月16日　星期日

晴天，-1°C～ 8°C

武汉疫情防控再次升级，进一步加强公共场所疫情防控工作，必须开放的公共场所实行扫码入出管理。“集中收治”攻坚战取得重大进展，当日全市新增病例收治实现日清日结。谢谢守护这座城市的每一个“战士”，因为有你，温暖了四季。

以爱之名与病毒抗争

冯佳，女，浙江大学医学院附属第二医院护士，浙江援鄂医疗队队员，疫情防控期间在华中科技大学附属协和医院肿瘤医院参与医疗救治工作

晚上 8 点，我们整建制接管武汉协和肿瘤医院 ICU，重症患者被陆续送来。一位 69 岁的大伯情况很不好，血氧饱和度仅为 60%。我的同事——经验丰富的护士张健，早早准备好高流量的吸氧装置。经高流量吸氧，大伯的血氧饱和度在 85%~88% 之间波动。大伯一脸焦虑地问我们："现在血氧饱和度好吗？上来了吗？"张健安置好大伯，把大伯的手机放到他床头，耐心地回答说："放心，上来很多了。我一直在您身边，加油！"只见大伯努力点了点头，泪水瞬间从他的眼角流了出来。

新冠肺炎患者住院治疗的这段日子，需要被彻底隔离。他们的四周是无声冰冷的白墙，他们听到的是仪器运行发出的轻微嗡鸣，伴着氧气湿化瓶内水泡的咕嘟声。他们的亲人无法相伴，单调空间带来的孤独感甚至恐惧感，充斥在他们的身体和内心里。

在这样隔离的空间里，透过水雾弥漫的护目镜，迎着医护人员微笑的双眼，他们似乎看到，有道希望的光亮映射出来，那是最美的眼睛；隔着口罩，他们总能听到，那些发自肺腑的鼓励之言，那是如同天籁般悦耳的音符，那是最动听的声音。

今夜开始，我们以爱之名，与病毒勇敢抗争，希冀生命奇迹的不断发生。

当了几天"菜贩子"

邓运华，男，武汉市黄陂区前川街农业服务中心工作人员，疫情防控期间下沉黄陂区前川街艳阳天酒店隔离点

从这个月 12 号开始，微信上加我好友的人数就在猛增。原因在于我在微信群发布了一条提供送菜的信息，有热心网友又转发到其他群，于是我的微信一直不能消停。

其实，封城以来很多家庭都缺乏青菜，但由于菜市场关停、市民不能上街等原因，附近菜地的新鲜蔬菜只能老掉烂在地里。想到家在城乡接合部的一位亲戚隔一天就要到菜地和街上跑一趟，于是我事先给他打电话说好，然后通过微信联系了很多需要送菜的人。最后，考虑到亲戚平时不用微信也不会用手机收款，我又和那些买菜的朋友说明情况，并于当晚将买菜的钱提前收齐。第二天，亲戚按我提供的名单逐个送菜，解决了十几个家庭的吃菜问题。

我事先向大家承诺每份菜会有8斤左右，亲戚后来跟我说每份菜都超过了8斤，这让我觉得非常欣慰，客户反馈都非常满意。我觉得虽然花费了不少时间精力，甚至还被尴尬地称为“菜贩子”，但结果是各方面都很满意的。印象很深的是，一名热心网友自愿担当所在小区的联络员和代收款员，结果他们一个小区就订购了9份。虽然彼此不曾相识，但我觉得这位名叫“果哩”的网友和很多志愿者一样，都有着一副热心肠。

我很好，请放心

高杨予兮，女，北京某高校教师，疫情防控期间在汉探亲

眼下，武汉抗疫形势依然严峻，但经过前期的紧张慌乱后，医疗和城市运转逐渐适应了“战时”状态。火神山、雷神山医院相继建成，十多家方舱医院和宾馆隔离点也逐步启用，还有越来越多的医务人员向武汉“逆行”集结。

现在，我已经在疫情中的武汉度过了28天，每天上午向单位报告健康情况已经成了我的习惯。但无论我说多少次“我很好，请放心”，都还有下一次的“还好吗？”“多保重！”。这许许多多的牵挂让我感到安心，也更加迫切地希望武汉快快好起来，让我能坦然地告诉关心我的人：“我很快就回来。”

我相信，我们伟大祖国和人民应对危机的能力无可比拟，中国人民团结一心抗击疫情的决心无往不胜。春暖花开时，山河定无恙。

武汉封城第 26 天……

2020 年 / 2月17日 星期一

晴天，-3℃～ 13℃

应收尽收，刻不容缓。武汉全市动员，展开为期三天的拉网式大排查，落实五个“百分之百”工作目标，从“封住城”迈向“锁住人”。白天打电话，晚上“数电灯”，社区工作者、下沉干部和志愿者们日夜值守、精准排查，武汉集中力量打好疫情防控攻坚战。

拉网式大排查

陈斌，男，武汉市城市建设投资开发集团员工，疫情防控期间下沉洪山区青菱街黄家湖社区

相较于前一天，今天情况好了很多，绝大多数居民对于入户调查积极配合，也很热心，唯一需要不断提醒他们的是，开门前请戴好口罩！叮嘱再叮嘱。

排查发现，小区入住率并不高，许多房子出租转卖，不知是不是因为封城前就离开了小区，有许多户敲了半天门都没反应。经过前一阶段的反复宣传，发热病人基本上都能自觉与社区联系，值得欣喜的是，排查没有发现发热居民。有居民在楼上喊：“电梯坏了！”我们将这一消息第一时间向物业反映了，后来路过时，已经有人在修理。

上午责任网格调查基本搞定，下午我加入了同事的第九网格。原本以为这样的调查除了留下简单资料，不会有什么大的收获，但是，当我们在中百超市旁边的1号楼发现一位有听力障碍的姑娘后，调查组里的三个人都大吃一惊。好在姑娘能够写字说话，能够熟练使用手机。平时看起来大大咧咧的小胡同志，通过手机软件，耐心细致地告诉了这位姑娘现在的防疫要求，同时把社区联系方式发给了她，提醒她密切关注社区群内信息，有需求第一时间向社区反映。回来后，我们立即将这一情况告知了社区，希望社区重点关注。

有一户只有两位老人在家，同样令人感到担心。老人用的不是智能手机，也没有智能工具，也不会发短信。对于这类居民，当然是赶紧告诉他们网格员的联系方式，同时叮嘱他们如有困难及时与社区联系。好在老人身体状况正常，希望他们继续做好自我保护。

下午4点半，入户调查进入第二阶段，即整理和统计工作。路灯亮了，支援社区的志愿者们陆续完成一天的工作下班，但社区的同志们还得加班加点，今晚她们还要将白天的调查数据赶紧输入电脑。

这个社区有点“刚”

李庆功，男，湖北省发展和改革委员会干部，疫情防控期间下沉江汉区唐家墩街唐蔡社区

党员干部下沉社区的指令陆续下达，大家闻令而动。下午，我第一时间赶到唐蔡社区报到。从内心来讲，平日里我对“社区”和“街道”的认知有限，总体感觉基层社区治理基础弱。封闭社区后，基层组织——社区能否撑得住？这将是一场大考！

第一次踏进唐蔡社区，办事处仅开侧门，一排桌子堵在门口，这是用于隔离到访人员与工作人员的第一道屏障。侧身进门，内有七八人在；另一厢大厅，一位穿着绿棉袄、戴红袖标的女同志，正在给一群人安排工作。稍一会儿，过来一位工作人员和我打招呼，我先奉上工作联系函件准备签到。这时，绿影一闪，刚才在安排工作的同志风风火火地走过来。她 30 多岁，个子不高，扎一马尾辫，拿着我的函件看了一眼，说：“来报到就要接受我们的管理和安排，工作时间是早八点到晚六点，餐自理。有事向自己单位请假。”说完，就到一边忙去了。好“刚”的女同志！后来我才知道她是社区的书记，姓季。

其实，下社区前，我对自己还是有一些要求的，“低姿态，不添乱，听招呼，尽力干，再酌情为社区提供帮助”。有了思想准备，对于季书记的直来直去，我一下子就理解了。一会儿，她叫来了两位女同志——个头娇小的小兰和小脸肉乎乎的戎戎，告诉我今后就配合她俩工作。这时，城管委、农商行、金控集团等单位的下沉人员陆续来报到，季书记毫不含糊地开始分工：小区排查、守路口、买药、送菜、消杀……这活派得干净利落！

我正在向两位搭档了解社区情况，不知谁在外面喊了一声：“卸货了！”房里的工作人员放下手头的事情就往外跑。一车爱心菜，大家齐心协力很快就搬完了。看，这队伍，干活也挺“刚”！

这天，恰是全市开展三天社区拉网式大排查的首日。此次排查以社区为基础，彻底排查清楚各类病人和密切接触者，务必做到“不漏一户、不漏一人”。我马上投入工作，随俩搭档对电话联系不到的居民逐一上门核查，又张贴了市、区政府的告示。这次排查任务重、时间紧，但有下沉人员、志愿者充实基层组织的力量，我相信战役一定会早日结束。

当好“粮草官”

徐龙，男，中国邮政集团公司武汉市江岸区分公司投递员，疫情防控期间坚守岗位

今天一大早，站里到了 5 个又大又重的邮件。分拣邮件时，我特意看了看这 5 个邮件，发现是由湖南长沙捐赠给协和医院的载物爬楼机。查询得知，载物爬楼机常被用于物流搬运领域，可以帮助人们轻松地搬运重物上下楼。现在医院各类物资那么多，这个载物爬楼机可以很大程度上减轻医护人员的体力负担，我想这一定是他们目前急需的物资！所以我赶紧抓起电话，联系到收件人，与他约定好交接时间和地点。我和同事吴林立即将包裹整理装车，快速穿好防护服，戴上防护眼镜和防护手套，“全副武装”出发了！

10 分钟后，我们便到达了协和医院，并帮着收件人将物资转移到了滑轮床架上。收件人说：“谢谢你们呀，邮政小哥！这个爬楼机我们现在可太需要了，可以帮我们省不少力气呢！我们医护人员在前线救人，你们邮政小哥在后方保障物资运输，你们简直就是我们的‘粮草官’！你们一定要坚持做好防护措施，保护好自己，我们一起加油！”短短的几句话，让我觉得很温暖。

武汉封城第 27 天……

2020 年 / 2 月 18 日 星期二

晴天转多云，-3℃～ 14℃

定点医院战“疫”不息，社区排查有序进行。不同的战场，相同的使命。战士们克服恐慌、焦虑，用坚实的肩膀挑起了责任担当。在江城武汉，生机正在酝酿，一种力量正破土而生！

工作人员全副武装上门为居民测量体温

“如临大敌”的排查

苏守明，男，武汉市天然气有限公司员工，疫情防控期间下沉武昌区杨园街二桥社区

今天，我们三个人继续昨天的大排查工作，居民们听到我们的敲门声，反应不一。小部分居民大大咧咧，同平日里一样，没戴口罩，应声开门。一部分居民很谨慎，不开门对话，开也只开一条门缝。我们时刻提醒居民只开一条门缝，这样既表明有人，又安全。大部分居民的防护意识很强，让我印象最深的是，有一家四口齐刷刷地站在门口，所有人，包括在怀抱里的小孩都戴了口罩。站在最前面的女主人一只手压紧鼻梁上的口罩，另一只手握着酒精喷壶，上下左右对外喷洒，“如临大敌”般配合我们的排查工作。

也有少数居民防护意识差，“生死有命。”一位没戴口罩在楼道里做伸展运动的居民对我们说。在我们的再三劝说下，他终于回到了屋子里。

多年没有这般长时间上下来回爬楼了，忙活一阵后，我和两个“战友”坐在楼下休整片刻。四周异常安静，没有鸟鸣，没有风，在晴朗的早春午后，只有我们口罩之下沉重的喘息声。

晚上我回家，把家人放在门口的晚饭取走，饭盒被几层保鲜膜包裹得严严实实，等我到办公室打开时仍冒着热气。在熟悉的家门外，我不敢多做停留。只有吃完饭后和妻子视频，看着3岁的儿子在视频里这样那样捣蛋。视频里，妻子和我都不说“想念”，她把想念揉进一句“平平安安就好”中，我把想念落在突然之间泛出的眼泪里。

工作时忘了怕

向莉莉，女，成都医学院第二附属医院护士，四川援鄂医疗队队员，疫情防控期间在华中科技大学附属协和医院参与医疗救治工作

今天是我来到武汉支援的第5天，迎来了第一次休息。

我想起了第一天出门时的情形。得知我要来武汉支援，妈妈很支持，但爸爸发了很大的脾气，我知道他是担心我。可是我当时回复爸爸的一句话就是：我是呼吸科的一名护士，这就是我的工作，现在大家需要我，我必须去。于是，带着对家里的不放心以及对于病毒的未知，我来到了武汉。

上班后，我们都很快进入了角色。对我们来说，这是第一次尝试长时间对抗疫情，第一次接触确诊患者。我问大家怕不怕，大家回答说肯定怕，但很神奇，工作时我们完全看不出来害怕。

昨天晚上我负责A区患者。有一名患者刚开始用呼吸机时很不配合，面罩一直戴不好，这样患者很不安全。没有办法，我只能让他先把手拿开，张口呼吸5分钟左右再慢慢地把嘴巴闭小一点……就这样，在患者床旁守候了半小时左右，患者终于慢慢接受了呼吸机。现在回想，真的很可怕，因为患者中途一直把手放在面罩下面，面罩没有密封好，对我而言很不安全，但当时我顾不了那么多。

我心里始终不放心这名患者，每隔几分钟都会进去看看，直到患者生命体征平稳，我才终于可以坐一下。这时候我的衣服都湿透了，眼睛也不知道是怎么回事，一直不停流眼泪；鼻涕也不知道什么时候流进了嘴巴，但是没有办法，吸不回去了，鼻子堵死了。

下班后，脱下最后一层手套时，发现手上长了湿疹，看来这几天手套戴的时间长了，可也不能不戴啊。

武汉封城第 28 天……

今日雨水

2020 年 / 2月19日 星期三

多云到晴天，6℃～ 15℃

拉网式大排查进入最后一天，军令状下，确保应收尽收、存量清零。病毒无情，人间有爱，医院里，方舱中，总有白衣天使负重前行，护我们平安回家。当日，武汉新增确诊病例 615 例，首次从四位数降至三位数，同时开始出现新增治愈出院病例数超过新增确诊病例数的良好态势。

让我们一起平安回家

李传伟，男，陆军特色医学中心医生，军队支援湖北医疗队队员，疫情防控期间在火神山医院参与医疗救治工作

回家的路，对有的人来说，是一盏茶的时间；对有的人来说，却是生与死的距离。经历 9 天的治疗之后，我主管的程阿姨和她的老伴刘伯伯终于恢复健康。下午，他们即将同全院其他康复的病友一道踏上回家的路。

一大早，程阿姨就告诉我，想到即将回家，她昨晚兴奋得睡不着觉。早上，她和老伴精心梳洗，收拾好行囊，连同科室其他 7 位已痊愈患者，在 9 天前入院的那个通道，等待社区工作人员接他们回家。

火神山医院副院长徐迪雄与病区主任、护士长及经管医师帮他们拿着随身物品，将他们送到负责接送的出租车上。望着他们离去的身影，我们开心地笑了，同时也百感交集。回想他们入院之初，生理和心理上都承受着巨大的压力，但是他们一直相信解放军医疗队有能力让他们好起来，非常配合治疗。

经过综合治疗和护士的全方位护理以及心理疏导，他们的症状逐渐好转，脸上的笑容也逐渐多起来了。出院前一天，阿姨高兴地在病房里给我跳了一段广场舞，然后告诉我："李医生，你看我这么运动都一点也不觉得累，我完全好了。"

在这里，他们相互给对方打气，期盼早日康复，一起回家。对他们来说，最宝贵的不是拥有的财富，而是陪伴身边的人一起回家。

对我们来说，闻令而动，是使命的召唤，是党旗下的承诺，是人民军医的担当；平安回家，是母亲的呼唤，是临行前对妻子的承诺，是作为父亲的责任。

一次高强度的“被动锻炼”

任振华，女，武汉市黄陂区公共资源交易中心干部，疫情防控期间下沉黄陂区盘龙城经济开发区日月山水社区

现在小区实行严格封控管理，上下班必须出示工作证或者通行证。为了避免交叉感染，我把通行证照片设置成手机桌面，然后把身份证塞到手机壳里，放在手机背面，每次出小区门主动亮出手机正反面和手腕，让管理员测体温的同时能一眼看到通行证，最大限度减少出卡口的时间，小区管理员都夸赞我这个方法好。

我们每天早上 8 点 10 分出发。王主任带队并亲自开车送我们到社区，他平时是很注重锻炼的人，但由于近段时间一直连轴转没有休息，这几天也感到非常疲劳。快要到卡点了，他连忙先对自己“开一枪”——测体温。

今天是武汉大排查第三天，我们黄陂区在晚上 7 点前提前“交卷”了。我们单位包保的社区有三个小区，4000 多户，我这一组第一天就跑了 450 多户，效率算高了。搭档张琼说我们今天走了两万多步。我们一家一家地敲门，逐个排查，除了询问人口情况、健康状况、有无“四类人员”和“两重病人”情况之外，还要逐一记录需要买降压药、家中有待产孕妇、缺体温计和口罩等情况。张琼今天走路一瘸一拐的，说腿快跑断了。我的左手因为长时间拿着文件夹和一大堆记录表，酸痛得已无力拿起一盒牛奶。对于我们这些平常坐办公室的人来说，这几天的“被动锻炼”强度确实有点高。

武汉封城第 29 天……

2020 年 / 2月20日　星期四

多云转小雨，1℃～18℃

生死较量不畏惧，千难万险不退缩。真的战士，是转运病人的公安干警，是支援方舱医院的环卫工人，是居家抗疫的普通市民，有奉献，有牺牲，有坚守，温暖了整个冬天。

鏖战在转运的路上

张亮，男，武汉市公安局青山区分局民警，疫情防控期间参与患者转运工作

昨晚深夜11点，接到社区指令，要配合做好患者收治隔离工作。我的内心夹杂着激动和忐忑。出发的时候，同车的民警老陈拿出一份长长的排查清单，我知道，接下来将是一场硬仗。果不其然，从昨晚11点到今天凌晨5点，我和老陈没有丝毫停歇。开车到一个个目的地，电话联系确认，接患者上车。有的患者年纪大了，行动不便，我们要小心翼翼地把他们从楼上背下来。送到医院以后，容不得半点喘息，新的运送任务随即而来。回想这一晚的鏖战，既是对体力的考验，又是对毅力的磨砺。因为穿着防护服上卫生间极不方便，我们不敢喝水；实在渴了，就含一口冰凉的矿泉水润润喉咙，但不敢咽下去。这个时候，我才真正体会到一线医护人员8小时穿着防护服不吃不喝不上卫生间的艰辛。

凌晨1点多，我们前往奥山世纪城接受最后一个转送任务，一名独居在家的中年妇女，已确诊感染新冠肺炎，症状较轻。她本人情绪十分激动，坚信自己在家吃药就可以好转，扬言谁要是把她送到方舱医院，就摘下口罩，让大家一起感染。头一次面对这样的状况，我心里也有点犯怵。这个时候，经验丰富的老陈立即上前安抚患者："您的顾虑，我们十分理解，方舱医院有专业的医疗力量和科学的治疗手段，已经有大批患者顺利出院。当前形势严峻，只有我们共同努力，疫情才能早点过去，我们这也是为您和大家着想……"历经两个多小时苦口婆心的劝说，患者终于被我们将心比心的话语打动，同意配合转运。看看墙上的时钟，此时已经凌晨4点，我却毫无困意。

凌晨4点半，患者终于被顺利送往方舱医院治疗。我们和同行的街道干部得以歇口气。在患者和医生交接的间隙，我们三人不约而同地来到了走廊透透气。我随口问了一句："这段时间，街道、社区也很辛苦吧？"街道干部回答道："我们已经连续 30 天没有回家了，已经习惯了。"不经意的一句话，却让我们产生了共鸣：同是平凡岗位，同在一线坚守，只为贡献一份力量，这样的人太多太多了。任务完成后返回的路上，大家又聊起疫情防控期间的工作感受，都说我们能够参加这场没有硝烟的战争，是光荣的；30 天日夜兼程努力换来的成果，是值得的。临别，我们互道一句："注意身体，保重！"短短六个字，五味杂陈，高兴与伤感，只有我们自己才能体会。

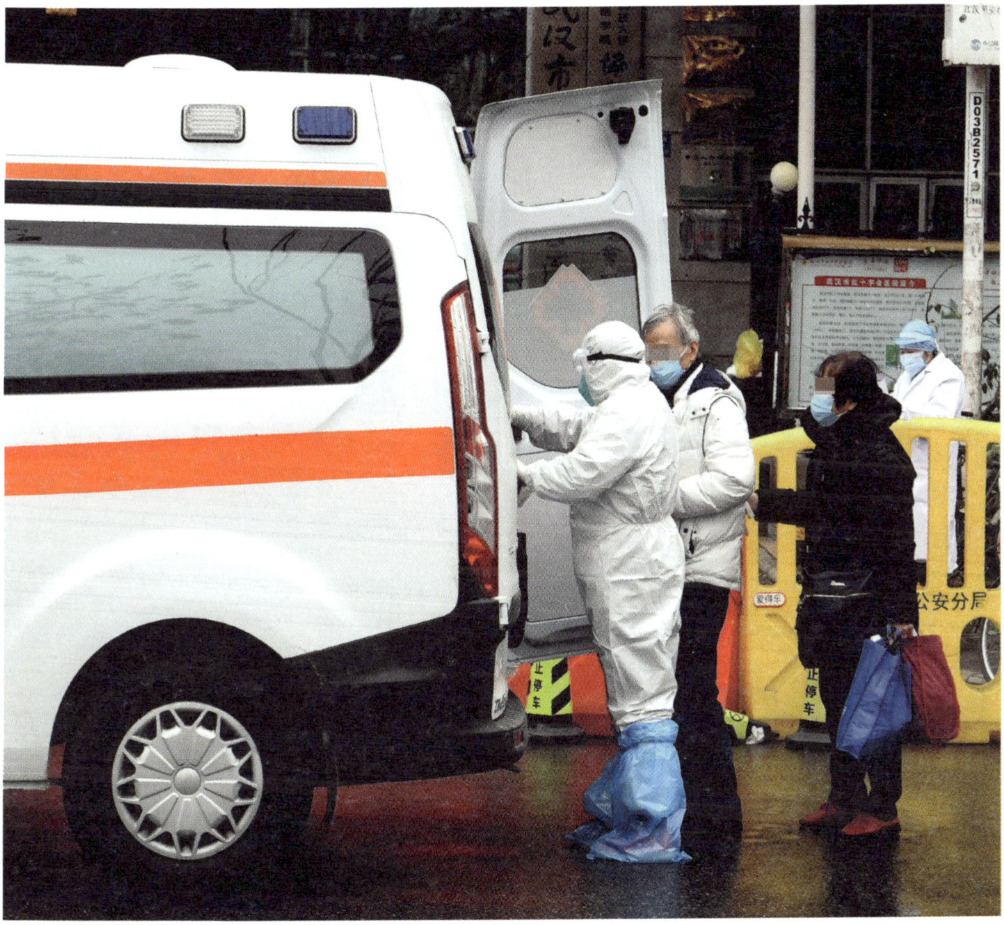

医护人员正在转运新冠肺炎患者

我只是做了应该做的事

高上元，男，武汉市武昌区城管委二桥清洁队环卫工人，疫情防控期间参与武昌方舱医院环境卫生保障工作

2月6日接到通知，要我到队部集合前往武昌方舱医院。我们三个清洁队加起来共有21人成为了方舱志愿者，很庆幸我是其中一员，终于可以为抗击疫情做一点自己力所能及的事情了，心情有点小激动。

经过严格的培训后，我工作起来一天比一天顺手，就是觉得好累。身体被防护服裹得严严实实的，不透气，一动就出汗，呼出的气把防护镜也弄糊了，看不清楚前面的路。一天的工作结束后，防护服里面的衣服全部湿透了，可以拧出水来，一点都不夸张。

没几天，儿子从微信朋友圈得知我去了方舱医院，给我打来电话，我没接。等我给他回过去的时候，这小子竟然在电话那头哭起来了。他怕我出事，埋怨我不该瞒着他偷偷地来当志愿者。他说他也想来，两个人一起有个照应；我跟他说我们这边防护措施做得蛮好，并保证每天给他报平安，他才放心了。此时此刻很想念老婆，要是她还在世，儿子应该就不会那么害怕吧。

今天得知，我在阿里巴巴“天天正能量”评选活动中，荣获了“战疫英雄奖”，并奖励了我1万元钱。心里很高兴，我的付出得到了大家的认可，但是这个钱我不能要，因为我只是做了应该做的事，我要把这1万元钱捐出去给那些需要帮助的人。

武汉封城第 30 天······

2020 年 / 2月21日 星期五

零星小雨转晴天，7℃～ 16℃

武汉保卫战开始以来，无数凡人英雄不辞劳苦，无私奉献。他们是关心学生的“爱不断线”，是坚守工作岗位的“我不能停”，是采购医疗设备的“我不能回”……

我们的爱不断线

万玲，女，武汉市武昌区三道街小学教师，疫情防控期间参与“空中课堂”教学工作

因为新冠肺炎的影响，返校延期，我们师生都自觉隔离在家。在这段特殊的日子里，我思考最多的，就是如何关心孩子们的学习生活，怎样传达我们彼此之间的关爱，特别是我们班一个特殊的孩子——小佳。单亲家庭长大的她，好不容易盼来寒假可以和爸爸回老家过年，但新年期间爷爷病倒了，爸爸全天守候在医院，加上疫情的阻隔，根本回不了家，这段时间小佳只能暂由老家亲戚帮忙照看。虽然大伯和伯母人很善良，也很关心她，但少了爸爸妈妈的关心爱护，这个本来就胆小害羞的孩子一定也会感觉到孤单吧！

想到这里，我心中五味杂陈。前段时间，我一直和小佳保持电话或视频联系，让她感受到老师的关爱，鼓励她以积极的心态面对疫情，乐观生活，自立自强。随后，我在班上号召孩子们加入到关爱小佳的活动中，并提议每天都有一个孩子给小佳打电话，让她感受到我们这个大家庭对她的爱。同学们都很支持这个倡议，纷纷出谋划策。

下午 6 点，作为我们班的小小关爱志愿者代表，诚宝拨通了小佳的电话。

诚宝被我们年级组的老师称为“戏精”，她聪明又幽默，电话里她也不改幽默风格，捏着鼻子学男生发声，让小佳猜猜自己是谁，结果小佳说出了我们班一个男孩子的名字，可把诚宝惊到了！哈哈哈，这个小戏精，真的是会给小佳带来无穷的快乐呀！电话里两个孩子欢笑声不断，开开心心畅聊了半个小时。我想，疫情隔离期间，孩子内心积攒的负面情绪在开怀大笑中得到了尽情的释放，我的担心和忧虑也在孩子们的笑声中得到了缓解。

对孩子们来说，快乐就是这么简单，同学、老师的轻声问候就可以消散疫情的阴霾；快乐如此简单，真诚的关心，给他人带来快乐的时候，自己也能感受到快乐！愿孩子们继续将爱传递下去。

采购！采购！

曾涛，女，湖北省妇幼保健院职工，疫情防控期间在本院光谷院区参与医疗设备采购工作

这几天与军队有关人员对接，安排采购并统计每日医疗设备的到达情况。我每天很早出门，那时女儿还未睡醒，等我凌晨回家时她已经熟睡。深夜刚刚回家，轻手轻脚来到她的房间，没想到她睁开睡意蒙胧的双眼："妈妈，你回来了？"我的心彻底融化了。看着女儿，心里想着武汉的疫情终将过去，她能在一个安全的环境里成长，再苦再累都值得。

几天前接到紧急任务，要求立刻赶赴光谷院区现场，在五天之内，采购符合收治新冠肺炎重症及危重症患者的全部医疗设备。没有半点犹豫，立即投入战斗，我们参考火神山医院医疗设备目录，在市疫情防控指挥部专家的指导下，与光谷院区军队接管领导们多次沟通，形成了最终采购目录。在疫情严重的情况下，武汉市场很多生命支持类、空气消毒类设备严重短缺，加之封城给物流带来严重不便，这些都给采购工作带来了很大挑战。我们克服重重困难，与开发区生物办、代采公司中科器一起组成了 15 人的采购专班，迅速开始了设备采购，种类达 140 余种，数量超过 6000 台（套）。

现在，光谷院区已经正常运行，收治病人期间，还有一些设备采购申请，经常半夜接到需求电话，我们必须立刻寻找货源，尽量满足临床需求。

很久没回老家了，回乌兰浩特看望父母，是我心中最强烈的愿望。

结。

武汉封城第 31 天……

2020 年 / 2 月 22 日　星期六

多云到晴天，3℃～ 18℃

全市核酸检测大提速，核酸检测存量全面清零，实现日清日结。战“疫”一线的医生、民警不断奔忙，医生丈夫与怀孕的妻子只能隔着屏幕相见。为了尽快控制疫情，大家都倾尽全力。

2月22日下午，一位市民将新鲜蔬菜包好后，让母亲用绳子吊上楼

方舱里的感动瞬间

张银银，男，武汉市公安局东西湖区分局民警，疫情防控期间在武汉客厅方舱医院执行任务

从我进入方舱到现在也有很长一段时间了。在方舱里工作，我每天都能收获感动。一个叫阿念的姑娘，她住进来的时候，是我接的她。她是那么乐观开朗。当她得知她的姥姥因病重住进了火神山医院时，她强烈要求转院去照顾姥姥。她出院时我没有当班，没能送她，但我还是在微信里祝福她。我相信，这么善良可爱的姑娘，一定能战胜病魔，一定会和她的姥姥一起康复出院。

每天进入方舱，我都忙得满头大汗，衣服湿透，巡逻、换水、分饭、搬物资、组织活动、了解病患需求、缓解病患压力，民有所求，警有所应。但与医护人员比起来，我还是差了好多。我看到医护人员来回奔波，开导、劝说病人，仔细地为病人做检查，核对病历，认真完成交接，拖着疲惫的身体缓慢出舱。尤其是后半夜值班的医护人员，他们凌晨两点多还在巡查，检查每一个床铺，帮病人盖好被子，看看有没有异样。一个小护士巡逻完，太累了，因为戴了面罩、护目镜、口罩，无法躺着休息，只能跪在椅子上，双手抱着椅子靠背，头朝下小睡一会儿。正是这些医护人员的努力，给患者带来了希望的光芒。今天医生告诉我一个好消息：全市核酸检测存量全面清零，我们实现了核酸检测“日清日结”！

今天，当我连续给十几台饮水机换水后，手一滑，水桶掉到了地上，一个身形高大的男同志走过来说：“我来，我是党员志愿者！”他二话不说，扛起水桶就换上了。“以后这种事我来，我身材高大，有劲，你看我后背，粘了个贴纸——‘保洁员’，哈哈！”听着他爽朗的笑声，看着他高大的身影，我很自然地说了一句：“谢谢！”我得谢谢方舱里的每一名医生、护士，还有患者，他们每天都给我带来感动。

隔着屏幕相见

欧阳万萌，女，武汉六中位育中学教师，疫情防控期间居家

老公是武汉市第一医院的外科医生，今天我终于能跟他视频，见到了刚从隔离病房出来的“超人”！对，他就是和我聊了一个月的“网友”！

我已经怀孕六个多月了，我老公也已经跟我“隔离”快一个月了。他偶尔抽空给我送点物资，还只敢放在门口，连门都不敢进。我们只能隔门相望，这么近，却那么远。昨天我在网上看到一个视频，一个医生自我隔离，他的老母亲去给他送吃的，也是像这样把东西放在门口，不能进去，老母亲在门外哀哀哭泣。那一瞬间，我突然崩溃大哭……

一个月前，老公所在医院的内科医生不够了，外科医生去支援，也包括他。其实我有时很自私，我真的一刻也不想让他在医院里待着，我说，你家还有个孕妇啊！但他只说，你要照顾好自己和柚子（肚子里的宝宝），作为医生，我必须冲上去！疫情当前，医生们毅然决然冲上前线，保卫大武汉。我只愿大家都平安！

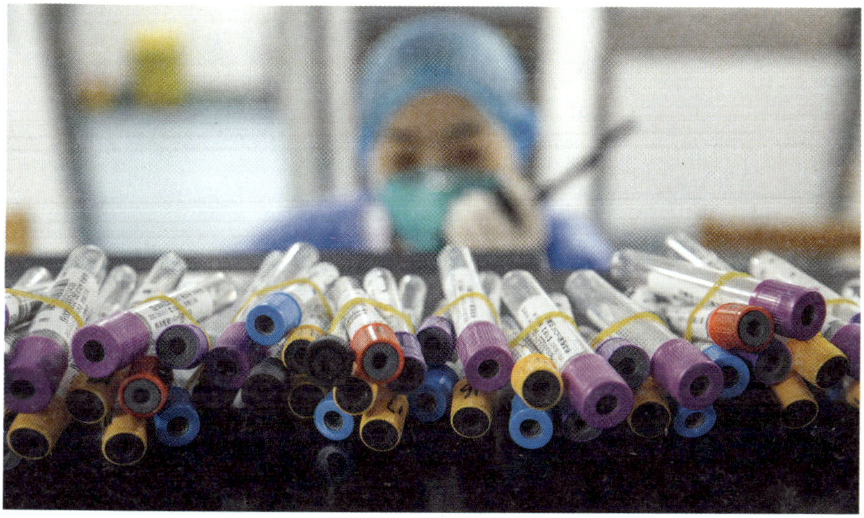

武汉核酸检测“大提速”

武汉封城第32天……

2020年 2月23日 星期日

多云，11℃～20℃

统筹推进新冠肺炎疫情防控和经济社会发展工作部署会议在北京召开，习近平总书记发表重要讲话。千里之外的武汉，一城人一条心，大家都抱着必胜信念，咬紧牙关，毫不放松抓紧抓实抓细各项防控工作，不获全胜决不轻言成功。

武昌区中南路街下徐家湾社区，下沉干部和志愿者搬运爱心菜

全家齐动员

周鹏程，男，武汉市第一聋哑学校教师，疫情防控期间参与志愿服务工作

2月中旬以来，武汉所有小区实行了封闭式管理。为社区居民提供物资保障，是当下社区的重点工作之一。今天，“文明武汉”微信公众号发布了“志愿服务关爱行动”招募志愿者的消息，报名成功的志愿者将就近服务所在社区。刚完成学校第一阶段下沉社区的任务，我立即在网上注册报名，不一会儿，电脑上显示：“恭喜你报名成功”！我激动不已。

当我把这个让人高兴的消息告诉爱人时，她有些担心，主要是为我的身体考虑。但我劝说道：“一方有难，八方支援，作为一名武汉市民，我希望能与大家携手抗击疫情，打赢这场防控阻击战！”站在一旁读高二的孩子非常赞成我的说法：“爸爸说得好，做得对，我支持！”我因势劝说儿子：“你17岁啦，也是个共青团员了，能否为武汉抗疫做点有意义的事情呢？”他想了想说：“我捐出两百元钱，为抗疫捐款！”说罢，他立刻上网操作，说到做到！

这时，坐在一旁的妻子也改变了态度，她笑着说：“我们家有人出钱，也有人出力，那我自己也不能落后呀，我在家做好后勤保障，做好卫生和消毒工作，以实际行动支持大家！”

得到家人的理解和支持，我很欣慰。

往一线病区去!

曹天容，女，武汉市普仁医院护士，疫情防控期间在本院参与医疗救治工作

今天 16:55 接到院里的通知，让我明天去感染五病区报到。我要去的这个一线病区的病人是无陪护的，病人都由护士来照顾，喂药喂饭、端屎倒尿都是护士的工作。纵有千般危险，还是有护士坚守岗位，与死神搏斗，抢救患者的生命。我们医院感染病区不断增加，从一个增至十个，护士们一直坚守在一线危重病区，还有主动请缨去支援雷神山、火神山、方舱医院的，难道她们真的有什么钢铁之躯，不害怕吗？当然不是。只是因为她们勇敢，她们志在救死扶伤，保家卫国。

跟我一同调去的还有我的两位同事——曾妮、王林枝。打开王林枝的微信朋友圈，她也舍不得我们发热门诊里的小伙伴们。但如今一线病区需要我们，希望我们能早日打败新冠病毒，希望下次我们接到的消息是回到自己原先的科室，也希望下次我们再相见时，不再是裹着笨重的“白衣护甲”。我们三人同去，相互帮助，相互照顾，一起加油，平安归来!

武汉封城第33天……

2020年／2月24日 星期一

多云转阵雨，11℃～25℃

李兰娟院士亲自给出院者颁发“战胜者”证书，传递的是信心和希望。生活在武汉的藏族同胞过了一个特别的藏历新年，祈求的是平安和吉祥。下沉社区人员为独居老人送菜，送去的是爱心和温暖。

2 月 24 日，李兰娟院士为武汉大学人民医院东院区第 100 位出院者颁发“战胜者”证书

在武汉，过藏历新年

耿尕卓玛，女，武汉市民，疫情防控期间居家

今天是藏历新年，也是当记者的丈夫离家的第26天。自从入驻武汉市肺科医院采访以来，他没有再进过家门。每一次回家，不过是把添补的物资放在门口，就退到一米外，甚至再没碰过门把手。

母亲的手机如往日一样，一大早就响个不停。自封城以后，远在家乡草原牧场上的亲人，每天都给母亲打来电话询问：孙子怎么样？女婿还好吗？你们没出门吧？

其实，我们的每一天都没有差别。居家，带小孩，刷手机，做做饭，睡睡觉，剥去内心的动荡不安，每一天都稀松平常。

但今天不同，这是母亲在武汉过的第一个藏历新年。虽然家中只有我们三人，我和母亲还是打算增加些过年的味道。

母亲一大早就忙碌了起来，开始炸油果子、熬煮人参果。要是在过去，去河边挑水是每家每户过新年最重要的事，每家都想成为第一家。第一户打水的人家，意味着一年都平安和顺。

这些年，随着生活的现代化，打水的风俗逐渐消失，但过年的食物却是不能缺少的。

所谓人参果，学名应为蕨麻，是过去藏族人家招待贵宾才有的菜肴。人参果需要熬煮很久，才能绵绵软软，入口即化，配上熬化的酥油、白糖，是母亲最爱的食物之一。我这个已在武汉生活多年的藏族人，已习惯只放白糖，不再加入酥油了。

母亲的绝活是炸油果子。过去我在学校住读时，她总是炸很多油果子，让我带到学校当零食吃，很受同学欢迎。在藏族人家，每家的油果子差异较大，有些软糯有嚼劲，有些咬来嘎嘣脆，母亲的油果子则属于前者。

刚出炉的油果子，金黄金黄的，香气四溢，这样母亲就很开心，

因为按藏族的传统，金黄的色泽是吉祥的象征。母亲总是一炸一大盆，可以吃上很久很久。

我们给依山（儿子）换上了亲戚从家乡寄来的藏服，拍了好多照片，母亲照例给天南海北的亲人朋友发去。

一盆油果子，一碗人参果，就是抗疫时期的新年了。

这就是信任

覃潇，男，国家税务总局武汉市江岸区税务局干部，疫情防控期间下沉江岸区百步亭花园怡和苑小区

程爹爹是我值守楼栋里一位不会使用微信的独居老人。我每天都会打电话问他身体怎么样，需要什么，他的回答总是很简短："身体好得很。""不需要。"每次有爱心菜，我都会提着去看他，我们之间的互动很平淡：他住在一楼，我敲他的窗户玻璃，他就过来开门，我把菜放在门口，问候一声离开。今天，我想着天天送社区的爱心菜会不会太单调了，就给他买了一点面条和鸡蛋。递给他的时候，我发现这次他的反应不太一样。我说，您还需要什么吗？老人犹豫了一下，转身从屋里拿出一张纸条，很明显是之前就写好了的，上面写着需要米和盐，纸里夹着一张皱巴巴的百元钞票。那一刻我有点难受。我向邻居打听了一下，原来他是一个怕给别人添麻烦的人，只有表现出强烈的帮助他的意愿，他才"舍得"麻烦你。

我想，这可能就是信任。

武汉封城第 34 天……

2020 年 ╱ 2月 25日 星期二

多云转中到大雨，15℃～ 23℃

以生命赴使命，用大爱护众生。武昌医院院长刘智明把生的希望留给他人，不愧为优秀共产党员。武汉人民不会忘记身披白衣战甲的英雄，正是“医”无反顾、“医”往无前，才换来一城安宁。

送别好友刘智明

郑承泽，男，长江水利委员会长江医院党委书记、院长，疫情防控期间在本院参与医疗救治工作

智明兄弟走了。这几日一想起你，我的眼泪就立刻湿润了眼眶，哽咽无语。今天，得知你被追授为“全省优秀共产党员”，我再次拿起笔来，记下关于你的点滴。

多好的兄弟呀！你身材魁梧，面容俊朗，眉宇间透出淳朴、善良、刚毅和对理想的追求。你也是普通人家的孩子，通过高考进入武汉大学医学院，毕业后曾在十堰太和医院蛰伏历练，后攻读硕士、博士，在你擅长的神经外科领域一路建功——从武汉市第三医院普通医生、科主任、副院长，再到武汉市武昌医院院长，留下了你奋斗的足迹和汗水。

其实我们平时少有联系，可我对带着你的“符号”的武昌医院一直不陌生，这个医院在你的努力下，成为“教学医院”和“三级医院”。记得咱们从山里出来的院长和朋友们每年聚在一起时，你是话比较多的一个。你音色洪亮、圆润，有一点磁性，言谈中总是讲到医院管理、学科建设，还有人才的引进、培养，感觉你平时在休息时间里，都在不停地学习。一位有思想、有定力、有追求、善管理的年轻院长，这就是你留给我的印象，你一直令我敬佩！

2019 年，你已到“知天命”的年龄了。岁月静好，我们都期待美好的未来。

可突如其来的新冠肺炎疫情击碎了我们的憧憬。1 月 20 日，钟南山院士说“新冠病毒可以人传人”，瞬间惊醒了所有人。1 月 23 日，武汉封城，众多患者拥向医院。

面对疫情，你乐观、豁达，从容应对。收到一个又一个患者的求助，你的心如此悲悯，你亲自安抚每一个感染者，给他们腾病房、找住院病床，期望能拯救病痛中的患者。1 月 26 日，我联系你时，你还是那样从容，电话挂断前，你才告诉我自己已经被感染了，住在 ICU，可你还不忘叮嘱我：“这病诡异，老哥保重！”电话那端我听不出你有气喘声，你在患病之时，还不忘为我挡风遮雨。

2 月 18 日上午 10:00，我突然看到了一条新闻：“从武昌医院院长刘智明的家人及武昌医院一名工作人员处分别获悉，刘智明正在同济医院重症监护室接受抢救。”新闻表示专家还在查看病情，我紧绷的心感到了微微的颤抖，祈祷能有奇迹

发生。但时间不长，等来的却是噩耗：“记者了解到，经全力抢救无效，武汉武昌医院院长刘智明因感染新冠肺炎，于今天上午 10:30 去世。”

网上流传着关于抗击疫情的一段经典对白：

“医生，此去欲何？”

“战病疫，救苍生！”

“若一去不回？”

“便一去不回！”

有人问你：你图啥？你也不说话，只是笑笑。“这病诡异，老哥保重！”这成了你给我的最后遗言！苍天啊，为何总是让好人匆匆地离去？天妒英才，为何发生在我的身边？我永远忘不了的，是我的好友智明与我分别的日子。

为你祈福，老弟一路走好！

生命之舱

张锦星，女，武汉市公安局东西湖区分局民警，疫情防控期间坚守岗位、执行任务

今天，我进方舱了。作为一名女警，之前我主要承担派出所内执勤、在一线防控点清查人员、护送流浪人员去救助站等工作，进舱工作，还真的是第一次。方舱的入口是由几个临时搭建的小房间组成，灯很暗。每打开一道门我就觉得更紧张一点：里面到底怎么样？患者万一情绪不好不配合我怎么办？最后一道门了，我下意识地拉住了刘晨：“等下，让我缓一缓。”我深吸一口气，终于走进了方舱。

如果有人问：你见过生命之舟吗？我想我会说：见过，就是这。方舱里很亮很大，正是刚吃完早饭的时候，空地上不少患者在散步、锻炼，还有的患者在看视频，和病友聊天，看见我们过来了，还报以微笑，瞬间我就觉得不紧张了。如果不是身穿厚重的防护服，眼前还有一排排整齐排列的病床，真觉得这里就像平常社区里的活动中心。

我所在的武汉客厅方舱医院规模较大，病患较多。所以无论是白天还是深夜，我们都要不遗余力地协助医护人员开展治疗工作，抢运物资、保障供应，执行舱内巡逻，全力确保医疗秩序稳定。我深知，这是我们身为一名人民警察的职责所在。

忙起来，时光总是过得飞快。我一会儿去开通风扇，一会儿联系维修人员修理坏掉的电路，一会儿又帮忙换换饮用水、帮忙找找散落在舱内的医疗器械。舱内的氛围真的是极好的，时不时还能听到开怀的笑声。上午巡逻时还有一个爹爹把我认作了另一位警官，闹了个小“乌龙”，不过当他发现我是女警时，眼中的赞赏的确让我小小地开心了一把。

方舱医院图书角，一名患者正在看书

武汉封城第35天……

2020年 / 2月26日 星期三

阴天，局部零星小雨，11℃～15℃

满是关爱的援汉医护，与病魔缠斗最终取得胜利的武汉医生……不管经历多少风雨，战“疫”在继续，勇士不退场。

战“疫”还在继续

秦继山，男，华中科技大学附属协和东西湖医院医生，疫情防控期间在本院参与医疗救治工作

今天，医院住院患者逐渐减少，定点卫生院陆续关闭，隔离点观察对象结束隔离。由于病区工作量锐减，一线医务人员迎来了久违的“轻松”：开心、愉悦挂在脸上，紧张、恐惧荡然无存，这是汗水、泪水汇集而成的精彩画面，这是可圈可点、值得庆幸的可喜成绩。然而，抗疫阻击战还在继续。

随着普通门诊和病区全部开放，呼吸科院内会诊成为工作常态，任务繁重，难度增加，主要包括：门诊重症、慢性病合并肺部病变的诊断，发热或疑似病例的诊断，新冠肺炎治愈出院后尚处隔离期再次发病的病患的处理，解除隔离后患其他疾病的患者的诊治，手术或透析患者肺部病变的定性，等等。呼吸科医生必须全力以赴，努力工作。我知道，会诊面临风险和压力，需要胆识和勇气，体现责任和担当。

来自内蒙古战友的关爱

李雪芬，女，武汉市肺科医院护士，疫情防控期间在本院参与医疗救治工作

前两天，我一早到科室就收到了援汉的内蒙古战友们给我们的意外惊喜。他们将自己仅有的家乡特产分享给我们护士姐妹，还对我们说：“你们太不容易了，我们回到酒店决定把带来

的家乡特产给你们尝尝，东西不多，给你们增加一点能量和营养。”

那一刻，他们真诚的话语让我们泪目，带给我们无尽的感动与鼓舞，我们仿佛置身在美丽的大草原，跳着欢快的舞蹈，品尝着手扒肉……

这两天，大家工作都不再那么紧张了。病房的患者叔叔看着我们忙碌的身影对我说：“姑娘，内蒙古的同志来了，你们的压力减轻很多了吧？”我笑着说：“是啊，有了内蒙古同仁的帮助，我们终于能喘口气了，他们真是雪中送炭啊！”

我战胜了病魔！

江城，男，武汉市第六医院医生，在工作中感染新冠肺炎，经治疗后康复

今天，好消息接二连三地到来。第一，我复查 CT 的结果很好，肺部纤维化表现是我度过危险期后最害怕看到的，目前也没有看见。第二，我蜕完皮了。我在生病时全身的皮肤灰暗、打皱，特别是手，像七八十岁的老人。蜕完皮，我也算是“破茧重生”了。第三，医生告诉我，过两天我就可以出院了。

元月中旬，我正在外面开一个学术会议，突然觉得头热热的，赶到附近的医院检查后确认，我“中招”了。这一天，是我与病魔缠斗的开始。

刚生病的时候，我每天都在发烧，走路使不上劲，病灶也逐渐变大了。1 月 20 日，我呼吸困难，已经不能走路了。妻子在微信上给我写了封信："我一直坚信你可以痊愈，这个过程可能很痛苦，但是你要有必胜的信念……"

过了一天，血氧饱和度只有 78%，医生要给我上无创呼吸机。我崩溃了，泪如雨下。医生赶紧为我接通了妻子的视频电话，妻子鼓励我："好好配合治疗，别想太多。"我的情绪慢慢平静下来，看着监护仪上血氧饱和度慢慢上升到 90%，我又有了信心。

听说我想吃东西，住在三环外的老爸开了一个小时的车，给我送来了一桶粥。妻子给我写了第二封长信："我一直相信你可以回家，这个信念一直没有变。人生的路很长，你要陪我一起走……"

记得 1 月 27 日，我戴着氧气面罩，血氧饱和度可以达到 90% 了，也可以在床上坐半个小时了。两天后，我的腿有点力气了，我扶着床尾的栏杆颤颤巍巍地站了几秒钟，我已经度过了危险期。

到了 2 月 9 日，我可以在病房里转悠了，可以自己慢慢地去卫生间上厕所了。我开始锻炼身体，明显感觉到肺活量在增加，呼吸时胸也没那么痛了。女儿们每天都会跟我视频，刚会走路的小女儿，一听到视频通话的铃声就会噌噌噌地跑过来，看见我就欢喜得又蹦又跳。大女儿说："爸爸，你要努力，早些出院，妈妈已经被妹妹抢走了，你回来后，爸爸就是我一个人的了！"我第一次觉得这些普通的幸福是那么难能可贵。

回想这段时间，每过一天，我都觉得自己离胜利又近了一步，我终于战胜了病魔！

武汉封城第 36 天……

2020 年 2月27日 星期四

阴天有小雨，8℃～14℃

刚刚康复的白衣战士重披“战袍”，再战“新冠”；无数志愿者奔走于抗疫一线，守护家园……同心战“疫”，江城儿女，平安保重！

穿越三重门

葛恒，男，上海交通大学医学院附属仁济医院医生，上海援鄂医疗队队员，疫情防控期间在雷神山医院参与医疗救治工作

今天我要身着“大白”，进入雷神山病区。

“大白”是我们对呼吸道疾病感染 2 级防护服的昵称，适用于直接面对患者但不进行侵入性操作的医护人员：穿手术衣，外套一身白色连体式医用防护服“大白”，佩戴医用级 N95 口罩、护目镜及面屏。这也是进入隔离病房的标准装备。虽然看上去遮盖得严严实实，但 2 级防护其实并不完全密封，不过足可以有效阻隔飞沫对呼吸道和眼部黏膜的直接侵袭。

相对而言，1 级防护适用于一般呼吸道或发热门诊的医护人员：在工作服外穿手术隔离衣，戴一次性医用帽、外科口罩和手套。而如果要对患者施行有创操作，譬如气管插管、吸痰、穿刺甚至手术，由于可能形成播散能力更大的气溶胶，就要启动 3 级防护：使用带呼吸器或者电动新风系统的头套代替护目镜和面屏，真正做到完全的密闭式防护。

我的前面是“双重门”。第一道门在眼前徐徐打开，后面的第二道门紧闭着。穿着密闭的隔离服，戴着护目镜和面屏、套着双重口罩和手套，我缓缓进入两门之间的隔舱。周围很安静，我能听到自己咚咚的心跳和沉重的呼吸。身后的第一道门又徐徐关上。向前，推开那第二扇门，就进入了真正的战场。

其实这里还有一扇门——它在我心里。此时的我就像站上蹦极的高台，恐惧油然而生，我似乎能看见病毒们在空中飞舞，听见它们“砰砰”地敲着门，它们在向我挑衅：“回去吧，我给你健康！”

我深深地吸了一口气，病毒消失了，病人们出现在眼前。他们的身体正在被毒害，他们的眼神中是对生的渴望。他们不是人见人怕的传染者，他们是一个个鲜活的生命，背后更是一个个幸福的家庭。“要去救他们！”医务人员的使命感彻底碾压了我的恐惧，心中的门消失了，我推开了最后一道门。

潘晨卿护士："觉得自己从来没有做过这么伟大的事情。"

吴恒趋医生："想象自己是马上要进雷区的'拆弹专家'，忐忑又期待。"

翟佳丽护士："进门前内心无比紧张，但又想加入到里面小伙伴的队伍中。"

孙嘉腾医生："一直在默念给我的呼吸机参数调整方案，然后就进去了。"

尹婷护士："一直在告诫自己防护不松懈，遇事不慌张。"

杨帆医生："直面病毒肯定有点害怕，但作为医生，我很想真正接触病人。"

我们一个接一个推开了三重门，完成了最美的逆行——这是属于我们每个人的高光时刻。

比起穿防护服，脱卸才是费力却又危险的步骤。感染防控的老师设计了周密的流程，确保防护设备表面的病毒不会沾染皮肤和黏膜。每个人都要面对落地镜，在严格的监督下一丝不苟地执行脱卸流程，时间长达 10 分钟。虽然麻烦，但此时每个人心中充满了放飞的快乐。脱去一层一层的防护，呼吸重新变得顺畅，身体回复轻盈。这一刻，我体会到生活的静好。

重披"战袍"，再战"新冠"

杨丽，女，武汉市汉口医院医生，在工作中感染新冠肺炎，经治疗康复后重返岗位，在本院参与医疗救治工作

加入隔离病区工作连续奋战 25 天后，我被确诊感染新冠肺炎。经过积极治疗和休整后恢复健康，我得以重披"战袍"，回到同事们身边。

归队的心情跟之前不太一样。进隔离病区之前我反复手部消毒，戴头套、N95 口罩，穿隔离衣，绑鞋套，戴第二层帽子和外科口罩，绑紧第二层鞋套，压紧护目镜，调整面屏，戴厚实的双层手套。同进病区的曾为红老师再三检查我的防护服有没有破，护目镜是否起雾，嘱咐我一定要保护好自己，只有这样才能更好地救助他人。

病区的患者目前病情都比较稳定，84 岁的肖爷爷有糖尿病、高血压等基础疾病，入院时病情较重，肺部 CT 显示他的双中下肺有大片磨玻璃影，血氧饱和度只有 87%。经过同事们积极救治，复查 CT 明显好多了，连续两次核酸检测呈阴性，准备今天出院。这些天，他的女儿每天打电话向我们询问病情，患者和家属简短的一句“谢谢”，都让我们的心温暖好久。

社区志愿者对进出小区的居民进行高温蒸汽消毒

武汉封城第 37 天……

2020 年 / 2月 28日　星期五

阴天有小到中雨，5℃～ 8℃

经过 10 多小时的爱心接力，20 吨爱心蔬菜终于抵达武汉市民餐桌，令人感动。“不信邪”的武汉人，以各种方式大写着“责任”二字。

久违的爱和感动

寇本生，男，湖北长江垄上农业专业合作社联社员工，疫情防控期间参与保供工作

打完最后一通电话，我长吁了一口气，今天的工作总算告一段落了。董师傅的车已经修理好了，黄师傅要的防护衣也收到了，看着微信上各位领导的点赞，内心满满的欣慰，再看看手表，已经是晚上近 9 点，从早上 7 点到现在，已经 14 个小时了。再翻翻手机通话记录，185 条！还有数不清的微信语音和文字。呵！今天到底是怎样的一天！

石首市合作社的 60 吨爱心蔬菜昨晚已经抵达武汉了，今天要配送 12 个社区。在上午 11 点之前，我们已经配送了 6 个社区，照这样的速度，原本计划一天的任务半天就能完成。但偏偏这时候就出了状况：其中一台货车的车轮螺丝断裂，车上还有近 20 吨的蔬菜。车不能立刻修好，接下来几个社区的配送如何继续？此时，老天也泼起了冷水，冰凉的雨滴让我从身凉到心。

坏在路上的卡车招来了武昌区交警。司机董师傅老远看到他们，就感觉是做错了事。让他诧异的是，交警不但没有责罚，还嘘寒问暖，主动联系各个修理厂，甚至还把车上的新防护服送给董师傅，从发现事故一直到维修完毕的近 10 个小时里，他们一直守护在旁边。

在武昌交警的引导下，我们总算找到了东西湖区东港社区一家能修大车的修理厂，但能修车的吕师傅却在家隔离，一个多月没出门。别说到 40 公里外的武昌区，就是出他所在的小区都很难。一筹莫展之际，我想到了东西湖区农业农村局的李局长。得知情况后，他二话不说，急忙四处联系。

在等待中，又一个司机走进了我们的故事：黄师傅听说我们有困难，开着车赶来了。他和志愿者把货送到最后一个社区时，天已经完全黑了。他唯一的要求就是让我帮忙搞两套防护服，因为没有防护服出不了门。

天黑了。大货车旁边是吕师傅忙碌的身影和三三两两的交警和同事，他们没有因为天黑离开，没有因为雨水而躲在车里。吕师傅最后拧上螺母的那一刻，他们紧绷的皱纹舒展开，露出了发自内心的笑容。

雨还在下，但此时我忽然感觉这雨水很暖。我要感谢这小雨，更要感谢突如其来的小状况。正是这个小状况让我收获了爱和感动，找回了被突如其来的疫情所冲走的温馨。

卸下包袱，继续战“疫”

余晴，男，中国疾病预防控制中心研究员，疫情防控期间在江夏区指导和督导社区疫情防控工作

来汉 20 天，最近有点“慌”，缘起于和我们一起工作的当地同志，他在 2 月中旬出现了发热症状并持续，直到今天仍未排除感染新冠肺炎的可能。听到此消息，我心里咯噔一下，心情一下子变得复杂。

他是武汉当地社区防控工作组的“领头羊”之一，为了抗击新冠肺炎疫情，自 1 月武汉启动“战时”机制以来，一直坚守在工作岗位上，靠前指挥，亲临一线了解实情，督促与完善社区防控不足，且经常工作至半夜，第二天又准时出现在我们的例会交流中。尤其是当他发现身体不适时，仍然亲自布置工作抓落实、抓成效的高度责任感和强烈责任心，容人容物的豁达心胸，真正展现了领导干部身先士卒、以身示范的风采。

我和他一直面对面对接工作、例会讨论、修订方案，按照“四类人员”防控方案，我也是重点观察对象。此时此刻，我脑海里出现了许多画面：领导、同事、家人、朋友，一张张熟悉的脸，儿子、丈夫、父亲各类角色，让我紧张起来。

说实话，在新冠病毒肆虐的武汉，我们每个人都担心，每个人都害怕。但看着身边忙碌的大家，还有仍牢牢坚守在一线、承担更大风险的社区工作者们，我要收起担忧与揪心，将精力集中于防控工作中。

准备收笔之时，好消息传来，当地这位同志在 14 天隔离期间，经过对症治疗、体温监测、二次核酸检测及 CT 检查，今天已排除感染新冠肺炎的可能。我和同组的同事终于可以卸下包袱，继续战“疫”了！

居民撑起爱心伞

杨鑫，男，中商超市徐东店员工，疫情防控期间参与保供工作

在车库把车停好已是第二天凌晨，我的思绪回到白天给小区送爱心菜时的情景。

快下班时，接到新任务，将 1500 份爱心菜送到青山、洪山两个社区的 20 多个小区。我和配送小组成员马上出发，赶到小区时，居民们正翘首以盼。我们立即行动起来，天下着雨，但居民为我们撑起了一把巨大的爱心伞。

“小伙子，谢谢你啊！快来我伞里面，小心淋雨着凉了！”“小伙子，你的口罩打湿就冇得用了，我这里有新的！”“小伙子，我这里有纸，快来擦下头发，莫搞病了！”“小伙子，这晚了你还冇吃东西吧，我上去跟你们拿一点吃的，等我一下。”……

想到那些叔叔阿姨的暖心话，我突然明白了“责任”二字的意义。

武汉封城第38天……

2020年 / 2月29日 星期六

多云，4℃～13℃

生死救援，感天动地。危重症患者撤除ECMO的一瞬间，一句“活过来了”，是对医生最大的褒奖。并肩作战的日子里，武汉人的乐天包容也感染了抗疫一线的援汉医护们，在泪与笑中相约——干了这碗热干面！

活过来了，活过来了！

周宁，男，华中科技大学附属同济医院医生，疫情防控期间在本院光谷院区参与医疗救治工作

今天是 2 月的最后一天，我想跟大家分享昨天一位危重症患者的救治经历，希望大家烟花三月都能下楼。

在业内，我们都称新冠病毒是“流氓病毒”，因为它太“完美”了：飞沫传播、接触传播、气溶胶传播、粪口传播、血液传播，都被它占全了；攻击患者的心、肝、肾脏，一天之内可以使人从重症到危重症。降低危重症患者死亡率成了我们工作的重中之重。为此，我们成立了护心、护肾、护肝、护脑、插管数个小分队，并称同济光谷“尖刀连”，来挽救患者的生命。

病人老程 50 岁，新冠肺炎危重症患者。2 月 10 日入院后，病情持续加重，2 月 17 日转入 ICU。同济插管小分队给他实施了气管插管呼吸机通气，即便如此，他的血氧饱和度仍不达标。2 月 18 日的联合查房中，我提出给他使用 ECMO 以缓解他的低氧血症。在 2 月 19 日，我和护心小分队队员汪璐芸医生给他实施了 ECMO 手术。老程是我们 ICU 里第一位植入 ECMO 的病人，各项指标一直稳定。2 月 24 日，在上机后的第 6 天，我还开心地发了朋友圈：“今天是病人术后一周的日子，各项指标越来越好，手指血氧饱和度一直都在 100%，很大概率可在近期脱机。”

但是，有“尖刀连”护航的老程，还是在撤机前一天晚上出现了意外：出现凝血障碍。从当天晚上 8 点开始，我的微信群“ECMO 护心小组”的信息就没停过，状态一直稳定的老程出现了血小板进行性降低，那一刻我想死的心都有。在和华山医疗队的李圣青教授一起细致分析后，我们判断他很可能出现了肝素诱导性血小板减少症。我们调整了抗凝策略。

“尽快输血浆，暂停肝素泵。”

“今晚 8 床的 ACT（激活全血凝固时间）如果降低到了 180 以下，皮下注射磺达肝葵钠 2.5mg。”

“周老师，如果 APPT（活化部分凝血活酶时间）还是很高，我这个抗凝还需要给吗？”

……

我们的治疗建议一条接一条发到微信群里，一直到晚上 11 点 30 分，微信群才开始静下来。我整晚没睡踏实，竖着耳朵听手机的动静。

感谢老程，终于和我们一起艰难地闯过了这一关，度过了这充满险滩暗流的 10 天。昨天早上，老程各项指标已经恢复正常。9 点 30 分，我们开始为他实施有创呼吸机试脱机，在气管插管内给氧 5L/min 的情况下，他的各项生命体征十分平稳。11 点 30 分，我和其他医生们将 ECMO 管道撤除出了他的血管。成功脱机后，我兴奋地大喊三声：“活过来了！活过来了！活过来了！”

干了这碗热干面

赵宏兵，男，山东大学第二医院医生，山东援鄂医疗队队员，疫情防控期间在华中科技大学附属同济医院光谷院区参与医疗救治工作

热干面，作为武汉名吃，早已名满天下。今天，我们山东大学第二医院医疗队的队员们就尝到了正宗的热干面。

新冠肺炎疫情发生以来，我们山大二院国家医疗队奉命进驻同济医院光谷院区，队员们住在纽宾凯光谷酒店。酒店工作人员在现有条件下想尽办法调剂饮食，安排星级厨师专门制作特色美食——热干面。

酒店师傅笑着说："山东人啊，加点蒜泥吧！"于是，碗中升起了蒜香。尝一口，辣！蒜的辛辣让我一下子想起了故乡，顿时间两眼泪汪汪！这是故乡的味道，这是故乡的感觉，这是一碗用心做的面，这是一碗好吃到让人流泪的面！

期盼许久的美食，我竟这样与你相遇。在这战"疫"的一线，在乍暖还寒的时节，热热地品尝到了正宗的武汉美食，体会到了湖北人民的感激，感受到了一碗热干面的热度！

严冬必逝，春已到来，我们相约：等到落"樱"缤纷的时节，待到最后胜利的时刻，再一起举杯相庆，来，干了这碗热干面！

2 月 29 日，武汉一位私营业主为甘肃援鄂医疗队队员赠送热干面

武汉封城第 39 天……

2020 年 / 3月 1 日 星期日

阴天，局部零星小雨，4℃～14℃

无疫情区域创建工作正式启动，硚口武体方舱医院率先休舱，各方舱医院患者陆续康复转移，疫情态势从高位运行期进入中位运行期。仍穿梭在病毒之间的钢铁战士啊，坚强的城市啊，请再坚持一下，曙光就在前方。

休舱了，第一家

邓鼐，男，武汉市文联干部，疫情防控期间下沉江岸区劳动街公园社区

硚口的武体方舱医院休舱了，从 2 月 11 日到今天，累计收治病人数 330 人，累计重症转诊 32 人，累计治愈出院 232 人。与此同时，武昌方舱医院 B 区也宣布休舱。负责两处的医疗队分别来自山西和河北，最高的敬意送给你们。相信以后这样的消息会越来越多。多么希望，某一天醒来，武汉的这些方舱医院都不再被需要，火神山、雷神山医院也都关门大吉，那该多好！

钟南山院士预计到 4 月底基本可以恢复工作了，这比国外模型预测的 5 月底，足足提前了一个月的时间，这当然是值得欢欣鼓舞的，尤其是对处于风暴眼中的武汉人来说，不啻是早春最美的一声燕鸣。

今天还是很冷，看来离真正的春暖花开，还有一段路要走。

我没事，就是缺氧

刘妤，女，武汉市第六医院护士，疫情防控期间在本院参与医疗救治工作

新的一个月开始了，花儿即将开放，枝头已披绿衣。今天我还要一层一层地穿好防护装备，走进熟悉的隔离区，护理一个个还没有康复的患者。在这里，我不仅是医护人员，也是保姆，更是他们的家人，我要全身心地照顾好他们。今天我感觉自己有些异常，在来来回回的穿梭中已开始大口喘气。虽然在身穿

隔离服、面戴几层口罩的情况下，呼吸不过来是常有的事，而且我已经习惯了，但这一次有些特别。我努力地调整自己的呼吸，尽量让自己的步伐慢下来，一边降低呼吸的频率，一边努力地工作。

接下来我要开始接收病人。这是一个聋哑、瘫痪、不能动也无法沟通的病人。我帮她铺好床，抬她上床，给她脱掉已经尿湿的衣服，擦洗身体，穿上尿不湿，整理床单。这些事都做完了，我又开始大口喘气。我不得不站在治疗室窗户旁一边休息一边跟同事交接班，打算和同事一起完成这个病人的治疗后再出去。

她在床上躁动不安，完全不配合我们的治疗。我准备给她抽动脉血，又担心针扎错了血管，只得不停地安抚她，调整她的位置。此时我的头越来越疼，呼吸越来越急促，最终我一针扎准，完成抽血的工作。

可此时我的胃里如翻江倒海，我赶紧往缓冲间走去。撕开防护服冲出缓冲间时，我才发现衣服全湿透了。迎面凉风吹来，我一个哆嗦，全身抖了起来。同事们赶紧把我抬到急救室吸氧、上监护，主任、医生都来了。我哆哆嗦嗦地说：“我没事，就是缺氧！汗出多了，吸氧就好了。”但眼泪、鼻涕却不听使唤地流，还一直作呕。主任赶紧拿来镇静剂给我打了一支，我才慢慢平缓下来。

我的朋友、亲人都夸赞我是“钢铁战士”，其实我每天也是心怀忧虑，穿梭在病毒之间；我不敢喝水，不敢吃太多东西，不敢回家；我穿着尿不湿、拉拉裤，每天想着千万别“中招”。

其实我们不是英雄，只是一群普通的女生。

一封未拆开的信

沈丹阳，女，宁夏回族自治区中医医院暨中医研究院护士，宁夏援鄂医疗队队员，疫情防控期间在武汉体校方舱医院参与医疗救治工作

傍晚 7 点，我像往常一样坐在每日上下班出行的 276 号公交车上，司机师傅潘科递给我一封未拆开的信，让我帮他看。潘师傅告诉我，这封信他放了很久，几次想拆但又没有足够的勇气，怕看到内容会掉眼泪。

我翻开折叠的信纸，上面这样写着："亲爱的爸爸，你在第一线，是很重要的。你去了，就一定要尽自己最大的能力去帮助那些医护人员！你作为一名退伍军人，作为一名公交车司机去支援一线，我支持你，尊重你的选择……"还未读到一半，我的泪水已经在眼眶打转。

工工整整的笔迹，字里行间一笔一画都能看出女儿对爸爸的关心和期盼。她希望有爸爸的陪伴，但更希望爸爸能做个英雄。一位 13 岁的孩子写下"我支持你，尊重你的选择"，她小小年纪，有着大大的责任感；一句"加油！武汉加油！中国加油！"更表现了她的大爱。也许正是这样的亲情让潘科战胜了对疫情的恐惧，就像信里面写的："我们可以看见同一个太阳升起，同一个月亮落下。"

有了亲情的纽带，又怎么会惧怕这场疫情！

3月1日，武昌方舱医院患者康复出舱，转往康复中心

武汉封城第40天……

2020年 / 3月2日 星期一

阴天转小雨，7°C～11°C

武汉定点医院、方舱医院、隔离治疗点全部实现“床等人”。疫情向好，小区居民高歌《为了谁》，致谢白衣天使。“我是党员我先上”“疫情不退我不退”，誓言铿锵，丹心闪耀。

脱下口罩以笑颜相逢

林静璇，女，广东省人民医院护士，广东援鄂医疗队队员，疫情防控期间在武汉市汉口医院参与医疗救治工作

在和66岁的冯阿姨一番谈心后，我得知她的家属都在隔离。她本身有冠心病，做了心脏支架手术，十多天前因打喷嚏导致腰椎骨折。她在确诊罹患新冠肺炎后，躺在床上不知如何是好，又担心麻烦工作人员和同室病友，不愿及时告诉我们她的苦恼。

了解这一状况后，我立刻请来了当班小组长杜杨，为冯阿姨进行肺功能康复训练指导。杜杨姐姐耐心地示范着，冯阿姨一遍又一遍地进行呼吸训练和有效咳嗽、咳痰。经过几次尝试，冯阿姨能逐步稳定自己的气息，她非常开心。接下来，我在帮冯阿姨整理床头柜杂物时，发现了她的小秘密：巧克力。这富含可可脂的食物，冠心病患者不宜多吃。一番询问后，我发现冯阿姨对于冠心病的饮食要求一无所知，于是赶紧告诉她要低脂饮食，并为她把零食替换成小面包。

冯阿姨的话匣子打开了，她又告诉我，这些天来躺着不动，躺久了腰很痛。我在认真评估了她四肢的肌力和腰痛的状况之后，给她制定了个体化的骨科肌力康复训练计划。我指导她在床上如何正确地练习轴线翻身、进行踝泵运动、锻炼双下肢以及核心肌肉、预防下肢深静脉血栓，为冯阿姨后期康复下地活动做准备。

在我们的指导下，冯阿姨积极配合，主动练习。看着她一点点地进步，一点点地找回信心，我的内心无比自豪。冯阿姨终于眉头舒展，露出久违的笑颜，并向我们不停道谢。杜杨姐姐说了一句我无比赞同的话：“阿姨不必客气，我们刚好专业，您刚好需要。您积极配合治疗，早日康复，这就是对我们最大的回报。”

下班了，我们走出医院的大门。医院旁边的小区有人推开窗户，大声对我们道谢。有人对着我们大声唱着《为了谁》，歌声越来越大，越来越多的人加入唱歌的队伍，武汉人民用行动在向我们道谢，让我们看到了人与人之间的爱与珍惜。

我们情不自禁地向小区居民鞠躬回礼，热泪盈眶。所有的辛苦，所有的付出，在这一刻都值了。唯愿这片土地能早日恢复安宁，我们能在人海中脱下口罩，以笑颜相逢！

一盒满是爱的午餐

毕凯，男，中商超市徐东店员工，疫情防控期间参与保供工作

今天早上接到一个紧急任务：四川援汉医疗队急需一批食品物资，并且对方要求我们三个小时内送到医疗队驻地。我们门店库存不足，总部和供应商仓库都是关闭状态，经过多方打听才获悉，有个仓库位于白沙洲的供应商可以提供这批物资。时间紧急，我们赶紧驱车前往白沙洲提货，50 件商品仅用 10 分钟装车，之后又马不停蹄地赶往目的地，此时，雨大了起来。

当我们在客户要求的时间准时将物资送达时，早已过了午餐时间，我的衣服已全部湿透。负责接收的工作人员对我们竖起了大拇指，医疗队的同志硬是塞给我一盒饭，嘱咐道：“你肯定还没吃午饭，要多注意身体，别饿坏了。”接过那一盒暖暖的、满是爱的盒饭，疲惫的我精神一振，感觉自己又满血复活了。

武汉封城第 41 天……

2020 年 / 3月3日 星期二

阴天有零星小雨，4℃～ 9℃

明知山有虎，偏向虎山行。各条战线的抗疫勇士临危不惧、视死如归，困难面前豁得出、关键时刻冲得上，共同谱写了武汉战“疫”的精彩篇章，描绘了这座英雄之城的精神底色。

共饮一江水，携手抗疫情

顾叶华，男，江苏省启东市人民医院医生，江苏援鄂医疗队队员，疫情防控期间在武汉体育中心方舱医院参与医疗救治工作

来到武汉 20 多天了，我已经融入了这座英雄的城市，在方舱医院上班感觉就像在家乡启东上班一样。

乘上 6 点 10 分的班车，外面还是漆黑一片，虽然很冷，但空气中已经有早春的气息。再过一个月，应该是武汉最美的季节了，我想等疫情结束后，带着家人再来武汉，我要仔细看看这个我为之奋斗的城市！ 7 点到达方舱医院，我们熟练地穿好防护服，组长还是那样严谨地检查每个人，确保过关后才让我们进舱。

今天我负责 C、D 两个区的 132 个病人，查房是每天最重要的环节，我对每一个病人的病情都进行记录，特别关注重症病人的症状是否有变化。

“顾医生，你帮我看一下片子吧！”“顾医生，帮我开点药。”“顾医生，我的核酸结果怎么样？”“顾医生，我什么时候可以出院啊？”……隔着 N95 和外科口罩，我耐心地进行沟通和解答，防护镜渐渐布满了水蒸气，视线也模糊了，我要努力控制呼吸和说话的频率，以便于看清 CT 片。还好，这些病人的片子没问题，看来症状平稳。我知道，其实他们就是希望从我们医生这里听到一些安慰的话。在方舱医院里，我感觉找回了久违的和谐的医患关系，正如特鲁多医生的名言：“有时治愈，常常帮助，总是安慰。”这也是我的座右铭。医术不是万能的，但是仁爱之心却可以穿越疾病、穿越生死。

下午 2 点，我们结束了忙碌的工作。回去的路上，我居然不感觉累和饿，这可能是我多年从事 ICU 高强度工作练就的体能吧。车子每次经过武汉长江大桥，我都要看一看湍急的江水。小时候喜欢去长江边玩，我对长江有着特殊的感情，望着奔腾而去的长江水，我的思绪仿佛也跟着这长江水来到入海口的启东，我的家人正在那里盼着我回家。

为抗疫捐款

孙敏，男，中国通服湖北信通通信有限公司员工，疫情防控期间参与志愿服务工作

今天是我成为社区志愿者的第 38 天。

“小孙，这 200 块钱是我的一点心意，请代我转交党组织，谢谢啦！”上午，江岸区劳动街惠济路 13 号大院的退休党员、73 岁的黄敬芳老奶奶戴着口罩，拖着伤腿一瘸一拐来到楼下，直奔小区志愿者值守点对我说。老人年事已高，腿脚不便，本来可以安心在家休养，但她不顾个人安危，只想着为国家出一份力，临走还叮嘱我们志愿者要注意个人防护，我想这就是一名老党员的质朴情怀吧。

“我捐 100 块钱，为早日战胜疫情再尽一份心，请不要嫌少……”自小区实行封闭以来，一直在为惠济路 13 号小区居民团购生活物资、送医送药的志愿者张云霞女士激动地说。看得出来，她的眼神是坚定的，手臂上的“武汉志愿者”红袖章为这寒冷的雨天增添了一抹温暖的色彩。

涓涓细流，汇成大海；点点星光，照亮银河！捐款不分多寡，都是每个党员对抗击疫情的无私支持和人们之间的守望相助。

武汉封城第 42 天……

2020 年 / **3月4日 星期三**

多云，5℃～ 16℃

社区团购的清单丰富了，小区里的花开了，各地源源不断的援助物资到了……没有不可逾越的冬天，热干面和春天终将如约而至。

热干面和春天一起来了

艾晶晶，女，作家，疫情防控期间居家

封城 40 多天后，热干面破天荒地出现在了我们小区的团购清单里。

广大业主“喜大普奔”。

在封城初期，因为临近春节，家家户户多少是有囤货的。到元宵节的时候，大部分家庭的储备已经严重不足。那时候小区还没完全封闭，但公共交通没有，私家车禁止上路，去超市买菜成为一项艰难的任务。

那时候很多人问，就不能走着去或者骑自行车去吗？

恐怕这些人都不曾细心留意，普通三口或四口之家十天半月需要的米面粮油蔬菜生鲜，到底有多少斤吧。

就这么说吧，我家人口少，但十斤面粉，做了三次包子馒头，也见底了。

疫情防控期间的武汉光谷广场

要囤十天半月的吃食，那就是动辄几十上百斤的采购，非青壮年不能为。

那时小区也有团购，品类就相对单调一些。最初除了米面粮油，都是土豆萝卜之类耐存储的菜。后来渐渐有了芹菜、小白菜这种细嫩娇贵的“叶子菜”，也有了鸡蛋。我至今仍旧记得，那几天业主群里，天天有人问什么时候才能有肉吃。

后来小区完全封闭，物业组织的团购清单相对也丰富起来，有各种肉类，都是冻品。前两天看到有鱼供应，今天米酒和热干面终于出现在了团购清单里。

我不是特别喜欢吃热干面的人，但都两个月没吃过热干面了，看到它出现还是非常高兴，起码这代表着供给能力的全面好转。起初可能只能重点保障医院、方舱和隔离点，普通市民只能保障不饿着、有饭吃，后来渐渐可以让大家吃得好，有禽蛋肉类保障营养。现在终于可以做到让大家能吃到跟平时一样的东西了。

我们小区相对较新，物业给力，年轻人多，病例少，之前有爱心菜可以组织免费分发或者低价购买，但业主们都表态优先给其他老小区。

我身边所有公职人员都下沉去了社区，而且很多都是去的困难的小区。这些小区确诊病例多，老房子密集，低收入家庭多，老年人多，而且没有电梯，上上下下都得爬楼。他们负责社区消毒、送菜、跑腿买药和各种日用品。

我们小区也有志愿者，先是大学生，帮忙打电话统计各种情况，然后是热心的业主，自愿出来协助分菜。

这几天气温回升，小区里一树一树的花都开了，我在窗前看着，因为远，看不真切是什么花，但是春天真的来了。

装载爱心，与武汉同行

周向东，男，江苏人，在武汉创业，疫情防控期间参与志愿服务工作

终于回家了。今天的工作不能以“累”这个词语来形容，可以说疲惫不堪，也可以说使尽了全身最后一点儿力气，用两只脚把整个身体拖回了家……今天是我做志愿者的第 20 天，每天加班，已经习以为常。

今天天气不错，我开着车，播放着音乐，都是老歌，喜欢听，偶尔还跟着哼一两句儿。从家到舵落口市场差不多40分钟车程，已经约好的志愿者队友们差不多都早到了。一起的八九个人，男女各占一半。眼下这一批物资是昨天卸下来的，来自遥远的北京，是一个山东小伙伴搞过来的，一共7000箱！说起这个山东小伙儿，我特别佩服他，他是从北京只身一人来武汉做志愿者的，没加入任何团队，还能搞到很多物资捐献给武汉人民，这是一种无私的大爱，一个人默默地奉献着，真的很敬佩他！

都说女人能顶半边天，这话一点儿不假，团队里面有很多能干的女同胞，卸车、装车、送物资等等，毫不吝惜自己的汗水。只要有任务，她们随时都冲在第一线。大概装了两小时吧，穿的衣服汗湿了又干了，一次又一次……到了中午吃饭的时候，这次终于不用再吃方便面——第一次吃到舵落口派出所民警赠送的盒饭。吃饭之余，还救下了一只流浪猫，估计是好久没吃过东西了，我们的爱心美女给它面包，它毫不犹豫地吃完了，最后我们走的时候它还恋恋不舍。吃完午饭，我和队友赶去永攀物流园，华人集团董事长邝远平先生从澳大利亚筹集捐献过来的物资已经到达物流园，需要卸车。这是300箱，满满的一车爱心！还收到了从杭州发过来的爱心人士捐献的4000个口罩。匆匆忙忙地卸完之后，又赶去园博园东门，此时已是5点了。从永攀物流园到园博园东门大概需要半个多小时，我早把我的爱车当作拉物资的运输工具了，只要能塞得进，都会把车里面多塞点物资给一线送过去，每个人都抢着送物资，每个人都在奉献着一份力量。

我们到达园博园东门的时候，北京的1600箱爱心物资已经到达了，志愿者们已经开始排起了队伍，有条不紊地卸车，大家撸起袖子加油干，今晚这批物资就要全部发放出去。这边卸车，那边联系着接收方，两边同时行动，卸完之后，又要装车。晚上，身上的汗水看不清，只见防护雨衣早已和马甲紧紧地黏在一起。

10点半了，看着最后一车物资已经远去，今天一天的工作算是告一段落。霓虹灯下，武汉的夜空是那么的安静，那么的绚烂……

武汉封城第 43 天……

今日惊蛰

2020 年 / 3月5日 星期四

阴天，局部零星小雨，5℃～ 17℃

疫情打乱了我们原本平静的生活，但是也唤醒了我们内心封存的爱。各行各业的人们，也正在用自己的方式诠释着爱与奉献。当疫情与“学雷锋日”相遇，抗疫更有温度。

值守大药房

邹德菊，女，湖北省直机关工委党校教师，疫情防控期间下沉武昌区中华路街西城壕社区

今天是工作队在社区工作的第6天，还是第21个中国青年志愿者服务日。按照昨天晚上社区的安排，我们工作队8人今天全员上岗。

上午，我和沙晔同志在社区内老百姓大药房门口值守，为前来购药的居民登记、代购药物。王敬业同志则骑电动车到社区外的指定药店为重症患者买药。

一上午有60多人次的购药需求，我站在药店门口为居民一一取药、发药，三个多小时下来，腿是硬的，脚是麻的，腰是酸胀的，嗓子是干哑的。购药居民的每一个诉求要反映给药店员工，又要将药店的信息反馈给居民，最后还得将居民的准确意愿传递给药店，待药店配好药，还需要帮居民用医保卡或现金结算，最后将药品从药店取出来递到居民手中，如此这样反复下来，才算完成了一单代购药品的任务。

有居民说，让他们自己买药不是更好，非要搞得这样麻烦？是啊，我们也不想这样麻烦，但病毒它不长眼睛，且传染性强，如果不实行严格的无接触购物，万一发生聚集性感染岂不前功尽弃！现在的不方便，是为了以后长久的方便啊。

绝大多数居民还是很配合这种服务方式的。

我们发现，现阶段居民对各种药品的需求量确实越来越大，也越来越迫切。对于那些慢性病患者，尤其是老年人，他们每天不能断的药，生活中离不开的药，年前的储备基本用完，各种“救命药”非购买不可。而现在许多药品短缺，通常跑三四家药店也不一定能完全购齐。对于那些突发牙痛、眼疾、扭伤状况的居民，我们给他们买药，哪怕晚一分钟都是罪过。

一上午就在这种紧张、疲惫中度过。较之以前在社区登记后，两到三天才可以拿到药品的状况，现在的居民对能及时便捷地拿到药物还是比较满意的。

真成了“女汉子”

汤超，女，共青团武汉市委机关干部，疫情防控期间参与志愿服务工作

今天是第 57 个学雷锋纪念日，今年的这一天，因为新冠肺炎疫情而显得尤为特别。

防疫战线，需要隔离的是病毒，隔不断的是爱。回想起战“疫”的这段时间，全市广大团员青年积极响应号召，在各级团组织、青年志愿者组织的有序引导下，勇于承担社会责任，投身战“疫”一线。如果不是这次战“疫”，我们很难知道，原来那些被称作“娇滴滴”的“80 后”“90 后”“00 后”一代，真的就成了自愿冲锋在前的勇士。也唯有这些人冲上去，武汉才会好起来。

今天，根据工作安排，我一大早就来到中商超市中南店。堆起的“萝卜山”“大白菜山”背后，戴着小红帽的青年志愿者正在雨棚下和超市员工们一起分拣蔬菜。算下来，今天已经是他们服务的第 10 天。远远就看到徐婉茹在货车旁接货，瘦小的身体一下子就扛起 40 多斤一袋的萝卜，稳稳地卸载到小拖车上，一边推一边满场喊：“刚才是哪个组要的萝卜？”扎起的马尾辫欢快地跳跃着。如果不是亲眼瞧见，我恐怕很难将 40 斤萝卜跟这位身高一米六左右，体重只有 80 多斤的女孩子联系到一起。她不仅是一名志愿者，还是这个点的志愿者组长，瘦瘦精精的武汉姑娘伢，爱美、爱笑，这次要不是疫情，她准备自由行去摩尔曼斯克看极光。干活间隙，她取下手套给我看，绿色“猫眼”的美甲断了，变得斑驳不堪。但她认为这都不算什么，指甲断了还可以长，出去旅行的梦想还可以延后实现，但吃菜，大家等不了。她笑称，成为志愿者后，自己真成了“女汉子”，“一开始，一袋三四十斤重的蔬菜得和别人合搬，到后来我一个人单手就能提起三四十斤一袋的萝卜。”

志愿者中有很多像徐婉茹一样的年轻人，不少是“00 后”。我想，这一代青年，自发参与抗击疫情，做一名志愿者，已经从需要社会呵护的半大孩子，从初出茅庐的懵懂少年，变成了披坚执锐的战士。今天，他们是雷锋精神的传承者，他们是雷锋精神仍然存在的最好证明！

愿我的血浆能帮助别人

蔡桃英，女，武汉市汉口医院护士，夫妻二人在工作中感染新冠肺炎，经治疗康复后重返岗位

1 月 21 日，我被确诊感染新冠肺炎，30 日康复出院。后来我申请回到工作岗位，今天是我重返抗疫一线的第 13 天。

记得在康复隔离期间，看到一则呼吁新冠肺炎康复者捐献血浆的新闻，我想着如果我的血浆能帮助正在治疗的患者，也算为抗疫尽一份力。于是，2 月 17 日，我就到武汉血液中心成功捐献了 400 毫升血浆，当听说可以挽救 2 名患者后，我开心极了。

前天，血浆捐献规定的间隔期 14 天刚过，我正好轮班休息，想着身体恢复得还不错，又到血液中心捐献了 400 毫升的血浆。我和老公都是固定无偿献血者，他也在一线被感染了，老公说等他康复隔离期满也会捐献血浆。

如今我已经献血 84 次了，其实献血对身体没有任何影响，希望符合捐献条件的康复病人都能来捐献。

社区志愿者为居民配送生活物资

武汉封城第 44 天……

2020 年 / 3月6日 星期五

阴天，局部零星小雨，9℃～14℃

当日，武汉新增确诊病例首次从三位数降至两位数（74 例）。病床上 87 岁的老人在生日这天与老伴视频，幸福溢满屏幕。隔离点服务工作繁重而危险，却阻挡不了义无反顾的脚步。这座城市的每个人，都在用自己的方式，寻找自信、感受温暖。

爱的信使

李芳，女，空军第986医院护士，军队支援湖北医疗队队员，疫情防控期间在火神山医院参与医疗救治工作

自从杨爷爷住进来，我们每天不管多忙，都要做一件事，就是给同样因新冠肺炎住院的胡奶奶打视频电话。76岁的胡奶奶是杨爷爷的老伴，也是杨爷爷心心念念牵挂着的人。每天视频通话，看看老伴，听听声音，杨爷爷就会吃得好睡得好，各项表现都很好。

今天是杨爷爷的87岁生日，一大早，大家做完手头的工作，就为杨爷爷的生日派对忙活起来。护士罗妮端来一个小盘子，里面放着一碗长寿面，里面还有个荷包蛋，这是昨晚冯晶护士长跟火神山医院后勤部门联系，千方百计准备的。我们还为他准备了一条红色的祈愿平安的手环。罗妮把手环细心地戴到杨爷爷的右手腕上，说："爷爷，祝您长命百岁，永远平安，早日和奶奶夫妻双双把家还！"

在这个温暖的时刻，我们拨通胡奶奶的视频电话，拿到杨爷爷面前。隔着屏幕，老两口默默地看着对方，微笑着，久久不语，那种浓烈到无以言表的爱感动了在场的所有人。"90后"护士蔺海月流着泪说："我一定要像爷爷奶奶一样幸福下去。以后，我还要帮爷爷奶奶拨电话，继续做他们爱的信使。"

终于冲到第一线

陈亚东，男，武汉德加酒店员工，疫情防控期间参与隔离酒店服务工作

接到区防控指挥部的征收令，我们酒店成为患者出院后的隔离点之一。一直待命的同事们都想冲到第一线，我也接到了出征令。

作为隔离点需要对酒店房间作出新的安排，既要符合指挥部的规定，也要让隔离者入住便利。

今天就会有隔离者入住，一大早，两名医护人员、几名城管队员和我们一起等待。医护人员中有一位是护士长，她对我们语重心长地说："酒店参与接待的人员要做好个人防护，一定不能掉以轻心、麻痹大意。"我们都点头称是。几位值班的城管队员在酒店门前支起了帐篷，建立隔离区。在交谈中，他们传授了为隔离者服务的经验。消毒人员对酒店进行了消毒，各种防疫物资陆续送达，医疗垃圾箱的标识落实无误……各项工作正紧锣密鼓地进行着。我受护士长的委托，建立了微信交流群，方便今后与隔离者交流，为他们服务。

晚餐时我们接到通知，有位刚刚出院的老太太要进入隔离点。这位八十多岁的老太太确诊后住院治疗，如今核酸检测转阴，血清抗体检测也呈阴性，幸运地康复，但是她还患有其他病症，生活不能自理。经过多方努力，我们联系到一名志愿者来照顾老人，解决了老人日常生活的难题。

武汉封城第 45 天……

2020 年 ╱ 3 月 7 日　星期六

多云转阵雨，11℃～ 20℃

医院里，新生命的诞生给大家带来希望，“心灵治愈小分队”的抚慰给医患送去关爱；校园里，一群特殊的“武汉人”化身“钢铁侠”，保障在汉留学生的学习生活，传递中国抗疫的经验和力量。

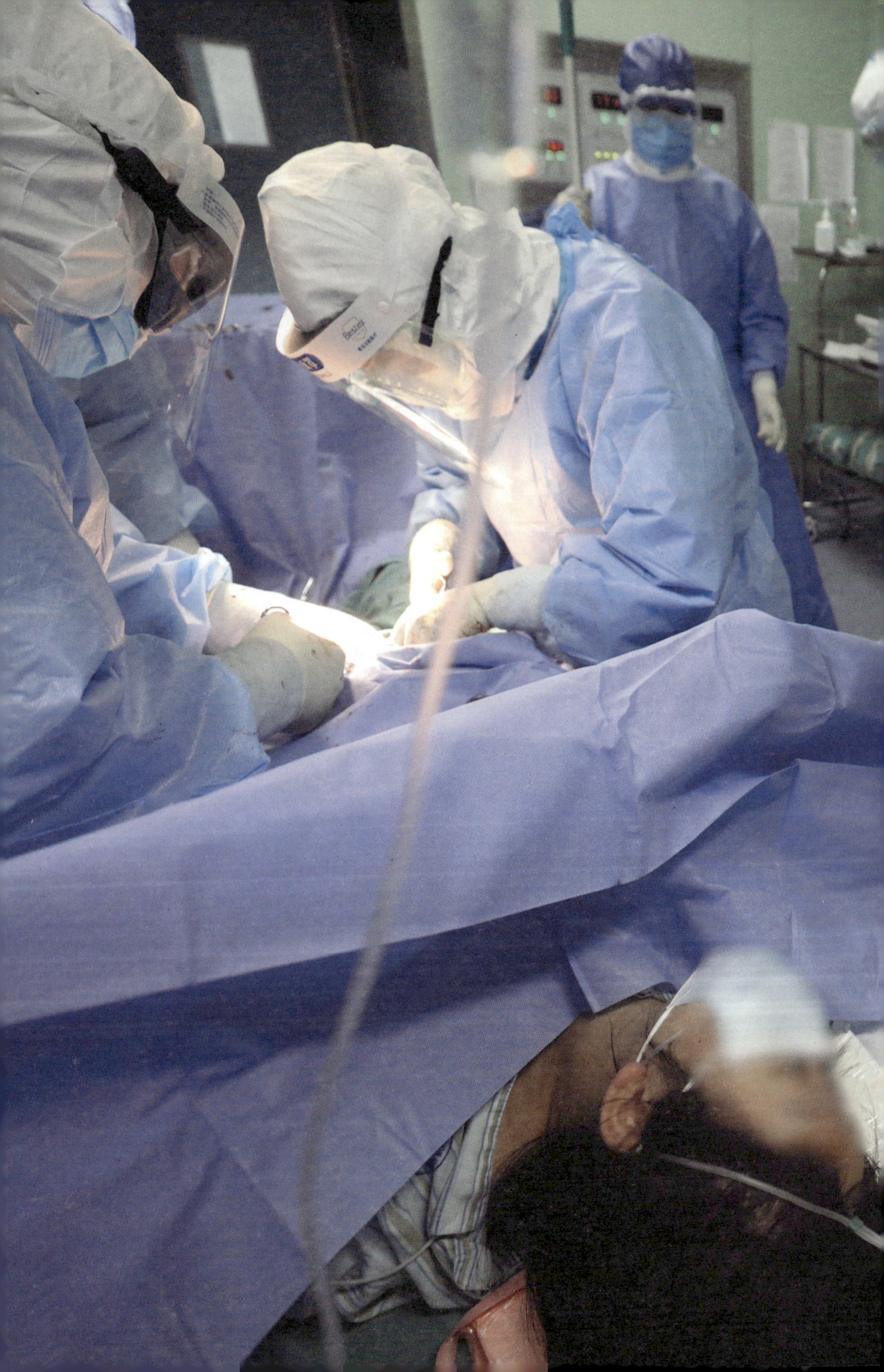

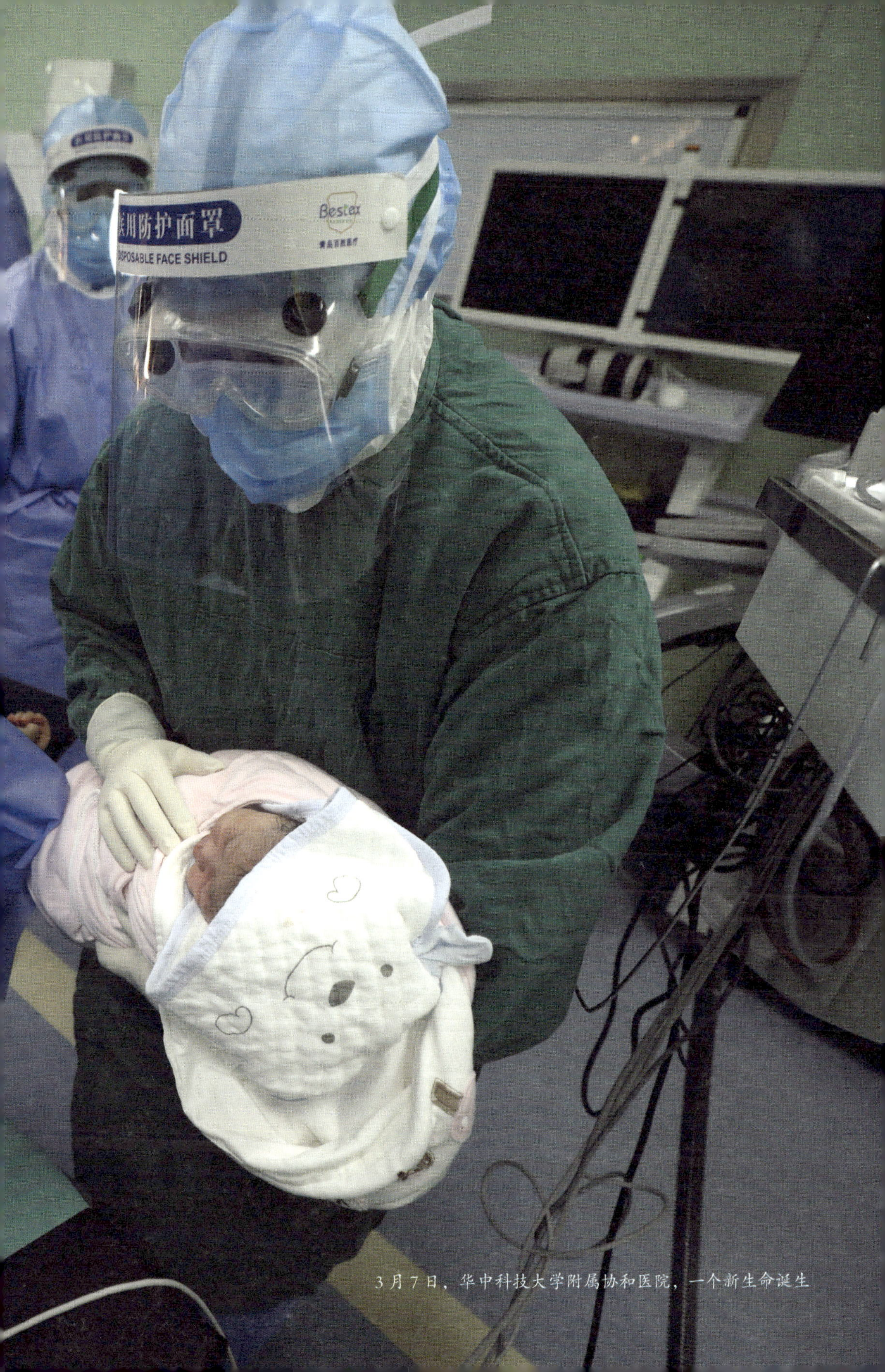

3月7日，华中科技大学附属协和医院，一个新生命诞生

做好心灵守护者

郭明，男，南昌大学第二附属医院医生，江西援鄂医疗队心理援助队队员，疫情防控期间在华中科技大学附属协和医院参与医疗救治工作

作为一名心理援助人员随医疗队来到武汉，已经 23 天了。在隔离病房中，我发现有相当一部分患者存在紧张烦躁、焦虑不安、睡眠不好的情况。医护人员大部分时间需要把注意力和精力放在对患者身体的治疗上，我知道发挥我作用的时候到了。

这些隔离患者受新冠肺炎影响，急需心理干预。因条件限制，他们无法随意走动，既没有时间，也没有太多耐心去进行放松训练等专业心理治疗，所有的心理干预必须在患者床前进行。因此，我见到这些被隔离的患者后，迅速制订了新的干预方案，果断采用安慰、支持、鼓励和解释等心理辅导策略来帮助这些隔离患者走出心理困境。

此外，医疗队还根据患者的需求成立了“心灵治愈小分队”，有 58 位医护人员积极报名参加。我指导这些队员在工作不忙的时候，主动去关心患者，和他们聊聊天，拉拉家常，请他们说说将来出院之后的打算，逐步激发他们战胜疾病的信心和勇气，调动他们的积极性，主动配合我们医务工作者，共同战胜病魔。

对医护人员的心理干预也很重要。刚到驻地的时候，由于工作生活环境比较陌生，加上我们面对的是一场没有硝烟的战争，许多医护人员心中都会有一定的压力和不同程度的紧张，个别队员出现了睡眠不好甚至失眠的情况。

因此，我尝试在微信群里发布心理调查量表来了解他们的心理状况，并发布了一些具有暗示、放松、催眠作用的音频文件。同时，我对一些队员进行了个体的心理辅导。现在我们队员睡眠好了，精神状况也好了。虽然他们戴着口罩，看不到他们脸上灿烂自信的笑容，但我看着他们明亮清澈的眼睛，听着他们爽朗的笑声，心中不由自主地生出一种自豪感。

“钢铁侠”在行动

大明，男，贝宁籍留学生，中国地质大学（武汉）在读博士生，疫情防控期间组织留学生志愿服务队参与志愿服务工作

疫情刚开始的时候，我是有一点担心、紧张的，后来通过新闻看到中国政府对疫情的防控措施，觉得这是一个非常负责任的国家，于是越来越放心。1月25日，我联系了来自尼日利亚、坦桑尼亚、卢旺达等13个国家的23名留学生，成立了一支志愿者队伍，起名叫“钢铁侠”志愿服务队，寓意我们是勇敢、不退缩的战士。我们志愿服务队配合学校保障320名在校留学生的日常生活。留学生宿舍封闭式管理以后，我们迅速成立了订餐队、生活用品订购队和物资分发队等小分队，每天将食堂的订餐信息发到订餐群里，然后根据整理的订单信息，安排志愿者第二天按时接餐和送餐。

今天是我们“钢铁侠”志愿服务队工作的第42天，虽然现在疫情还没有结束，但是我们没有停止学习，我们在网上上课，用不上课的时间帮助同学们，我也和我的老师在网上交流，学习没有受到影响。有一些本科生志愿者的课很多，我就少给他们安排一些工作。

我们队巴基斯坦籍留学生韩博和秘鲁籍留学生鲁比学习宋斌教授的“中国篆刻”课程，鲁比给我们刻了一个“钢铁侠”，韩博刻了“武汉加油”“中巴友谊万岁”，韩博今天和我说他想家了，就刻了一个“伊斯兰堡”。

我们志愿者工作没有停，学习也没有停。

武汉封城第 46 天······

国际妇女节

2020 年 / 3月8日 星期日

多云转中雨，11℃～ 19℃

广大女医务工作者义无反顾、日夜奋战，坚守在疫情防控第一线，展现了救死扶伤、医者仁心的崇高精神。她们柔弱的身躯里充满着力量、勇气和人间大爱。她们摘下口罩时，那被勒出一道道凹痕的脸庞，才是天底下最美的容颜。特别的日子，致敬特别的她们！

巾帼不让须眉

朱仕超，男，四川大学华西医院助理研究员，四川援鄂医疗队队员，疫情防控期间在武汉市红十字会医院参与感控工作

在这场疫情防控中，我们的女同胞们确实起着至关重要的作用。

看到她们脱下手套时修长的手指被汗水浸泡得发白的时候，看到她们摘下帽子，打湿的头发紧贴着因难以保养而有些粗糙的脸颊的时候，看到她们更换口罩那一瞬间未作任何妆饰被勒出深深凹痕的素颜的时候，感受到了女性特别的美。

看到她们不顾风险为患者处理污物的时候，看到她们耐心弯着腰为患者一口一口喂饭的时候，看到她们瘦小的身躯却搬动着沉重的氧气罐的时候，我感受到了女性特别的力量。

巾帼不让须眉。面对危难，女同胞们从来都不比男同胞们脆弱，柔弱的身躯里依然充满着力量和勇气。

不需要多么华丽的辞藻，也不需要多么伟大的修饰，记住可爱的女同胞们在前线扎扎实实地为战胜这场疫情拼博，正如同各行各业的女同胞们，在为这个社会贡献着自己的力量。

男同胞们，平时多爱她们一些就好！

就像春天离不开花，这个世界有了女同胞们才美丽。

姐妹们，节日快乐！

李毅，女，武汉市蔡甸区中法武汉生态示范城三五四一社区党委副书记，疫情防控期间参与社区防控工作

每年的 3 月，都是我们社区姐妹们最开心的时候，因为大家可以穿上美美的衣裙，带上美美的心情，相约樱花园里拍几张美美的照片。

谁能想到，2020 年，一场新冠肺炎疫情从一月的大年三十、二月的元宵节，一直持续到了三月的三八妇女节。依然严峻的防疫形势，让社区的姐妹们注定要在社区疫情防控的第一线度过一个不同寻常的节日。三五四一社区参加此次疫情防控的 12 名工作人员中，有 6 名女性，名副其实的“半边天”。社区战“疫”40 多天来，她们和男同胞一起，

蔡甸区中法武汉生态示范城三五四一社区工作者庆祝三八妇女节

直面危险，扛起责任，坚守岗位，毫不退缩。

当披着晨雾赶往社区上班的时候，当顶着寒风在小区里劝阻行人快快回家不要出门的时候，当一趟趟地给居民家里送药送菜的时候，当不被理解深受委屈而沉默不语的时候，当回到家累得饭也吃不进去的时候……她们知道，身后是家人难以言说的牵挂和担忧。可是第二天，她们依然把自己包裹严实，坚定地走出家门，走上工作岗位。

属于女同胞的节日到了，可是她们无暇顾及，因为她们清楚，现在正是战“疫”最吃劲的时候，阻击病毒，守护家园，才能换取更多家庭更长久的安宁和幸福。

今天在微信群里，我问姐妹们：疫情结束后最想做的事是什么？然后我得到了如下回答——

去看看住在武昌的宝贝……

和家人出去逛逛，这段时间他们在家搞后勤辛苦了……

带着我的女儿去看祖国的大好河山，不要她在家做井底之蛙……

希望孩子能正常上学……

好好睡一觉，然后，出去“浪”……

摘掉口罩，正常呼吸……

看到这些，我忽然有些心酸。因为这些心愿里除了弥补对自己的亏欠，似乎更多的是弥补对家人的亏欠。

真心希望姐妹们的心愿都能早日实现！

每次一起出去游玩，姐妹们都希望统一一下服装，但是从来没有如愿。这次服装终于统一了，想不到竟然是防护服。

希望疫情结束后，姐妹们都换上美美的衣裙，我们再去拍张美美的合影。祝战“疫”中的姐妹们，节日快乐！

方舱，再也不见！

涂可蔼，男，武汉市公安局江汉区分局民警，疫情防控期间在江汉经济开发区方舱医院执行任务

今天是个特别的日子，随着最后一名患者出院，我值守的江汉经济开发区方舱医院正式休舱。今天又恰逢国际妇女节，中午举行了简短而庄严的休舱仪式后，我们向方舱里的女医护人员致以了节日的问候，向所有参加战斗的人员表示了敬意和感谢，大家合影留念互道珍重。下午我在指挥部整理收尾工作，看到昔日忙碌紧张的环境突然变得寂静，心中有很多说不出的感想。之前曾幻想休舱后会有一种胜利的狂欢，但真的到了这一天内心却很平静，因为属于我们的战斗还要继续。

二十天前，为了实现“床等人”的目标，确保患者“应收尽收”，我们临危受命，紧张筹备，与时间赛跑。连日来，看到患者陆续出院，心里由衷地高兴，我们不负重托，圆满完成了任务，取得了阶段性的胜利。虽然很累，但是一切都值得，感觉自己做了一件很有成就的事情，这段经历永远不会忘记。

这些天，我同战友、医务人员和其他工作人员一起战斗在方舱医院，此刻，一起坚守的岁月中一幕幕感人的画面又浮现于眼前，每个人的付出和辛劳，都会被铭记。我们在患难之时相遇，结下了深厚的情谊，在国家需要的时候挺身而出，尽到了自己的职责，贡献了一份力量，此生无悔。

相逢总有千言，离别只需二字。愿所有的人一生安康！方舱，再也不见！

武汉封城第 47 天······

2020 年 / 3月9日 星期一

小雨转多云，10℃～ 15℃

课堂开在“空中”，真诚温暖彼此……所有的人都在坚持，都在守望，都在努力，共同迎接春天的到来。

我走上了“空中课堂”

陈晨，女，武汉大方学校中小学部教师，疫情防控期间参与“空中课堂”教学工作

早上 9 点，像往常一样，我点开江夏区“空中课堂”小学二年级的数学课，看着我的名字在屏幕上出现，听着我自己的声音从电脑里传出来，似乎有一种不真实的感觉。全区此刻有上万名学生都在听我讲课，尽管这只是一堂 20 分钟的录播课，在过去的一个星期里，我却花了百倍的工夫去准备。

这是一节图形运动的复习课，PPT 课件要用到很多动画效果。以前，我是一个只会简单制作 PPT 的“小白”，现在却整天泡在网上，四处请教翻折、平移、旋转的制作教程。家里这台笔记本是老公买的高配置款，竟然在春寒料峭的武汉，被我用到发热、死机……

这次讲课是代表学校形象，我身后整个教研组和学校领导都为我出谋划策，力求精益求精。课录制了 12 次，PPT 改了 4 版，逐字稿改了 4 版，听课评课进行了 3 轮。

女儿快两岁了，每晚都是我哄睡的，我尽量每天抽出时间陪她读绘本，陪她做游戏，那是我一天中最轻松的时光。但这一个星期，为了保持自己的高效工作状态，我只能一边敲击键盘，一边听着另一个房间里孩子哭得声嘶力竭。白天，她不时过来抱我一下，然后转头就走，嘴里说着：“妈妈工作，我一个人去玩了……”

春天来了，学校的桃花和迎春花都开了，真想早点回去啊……

爽朗的武汉嫂子

胡文博，男，武汉市武昌区南湖第二小学职工，疫情防控期间下沉武昌区黄鹤楼街西厂口社区

最近我们的岗亭变得异常热闹，因为通过自愿报名的方式，我们岗亭来了三位爽朗的武汉嫂子。她们每天在岗亭，除了检查出入人员相关证件、测量体温这些常规工作以外，最大的乐趣就是帮亲戚朋友们“带货”了。哪个群有便宜的肉，哪个人能送活鱼，哪个超市能团购新鲜水果……她们都一清二楚。我们的岗亭因为她们的到来，成了附近居民的物资分配点。她们在这里做志愿者，为居民带来了福利。

今天她们又为居民团购了一批肉，我也买了一块，想着下班给“老亲爷”（老丈人）送去，他们住得远，难得买点肉。可惜这是临时起意，不然还应该团购一些青菜水果一起送去，毕竟去一次不容易，能多送点就多送点。这群阿姨知道了，二话没说就回家去了，没过一会儿就给我送了一大袋新鲜蔬菜，另一个阿姨还给我送来了鸡蛋。

说真的，和她们一起工作才几天，每天穿着防护服，连她们长什么样、叫什么都不知道，可就是这样的“陌生人”，因为我的一句话就无私地送给我这么多物资，真的很感动。

武汉嫂子就是这样爽朗，用武汉话说就是做事“耍拉”，做人“讲胃口”。为武汉嫂子点赞！

武汉封城第 48 天……

2020 年 / 3 月 10 日 星期二

晴天到多云，3℃～ 18℃

在抗击新冠肺炎疫情的关键时刻，习近平总书记专门来到武汉，考察疫情防控工作，称赞武汉不愧为英雄的城市，武汉人民不愧为英雄的人民，广大医务工作者是光明的使者、希望的使者，是最美的天使，是真正的英雄。同日，武汉 16 家方舱医院全部休舱，完成了自己的历史使命。

最可爱的人

张久聪，男，联勤保障部队第 940 医院医生，军队支援湖北医疗队队员，疫情防控期间在火神山医院参与医疗救治工作

今天习主席专门到武汉考察，他一下飞机，就来到了火神山医院。

当时我在“红区”查房，患者们比我还忙，都拿着手机不断地刷屏，还不断地问我：张医生，你来，习总书记这是在哪里啊？张医生，你说，习总书记会来看我们吗？张医生，你看，习总书记讲话了。

我也很激动，与习主席直线距离不到 100 米，虽然见不到他本人，但是我的内心汹涌澎湃、波澜起伏。

国家这么大，事情这么多，这么危险的地方他都来了，而我们作为新时代的军人，还有什么可以畏惧？还有什么不能付出？还有什么不能去奉献？

火神山医院重症医学二科罗淑平护士长作为代表受到习主席的亲切接见，她是我们单位重症医学科护士长。下班后第一时间，我就去找她，我很急切地想知道习主席都听了什么，都问了什么，都讲了什么。

罗淑平很激动地告诉我，习主席亲切看望了正在接受治疗的患者，关心慰问了抗击疫情第一线的医务工作者，勉励大家坚定信心，战胜疫情。习主席很了解我们一线人员的工作情况和遇到的具体困难，他注意到许多同志脸上和手上都磨出了血，非常感动，嘱咐大家要注意休息，保证营养，保重身体。

我听后更加激动，倍感温暖振奋，仿佛也曾亲临现场，聆听主席的关怀嘱托。主席说：“你们都穿着防护服、戴着口罩，我看不到你们的真实面貌。但是，你们在我心目中都是最可爱的人！”

《谁是最可爱的人》是著名作家魏巍从朝鲜战场上回来写的一篇报告文学作品。谁是最可爱的人？魏巍说，是我们的部队，我们的战士。

记得很小的时候，父亲就给我讲《谁是最可爱的人》里面的故事，那个时候还是懵懂无知的我，脑海里就已经深深地植入了军人的形象。魏巍这篇名作最先是1951年刊登在《人民日报》上的，51年后，我成了一名军人；69年后，我也上了“战场”，在火神山医院抗疫最前线战斗。

习主席的这一句“最可爱的人”是饱含深情的点赞，是对医务工作者的最高褒奖，也是对我们的最大激励，我们对坚持到抗疫最终胜利充满信心和斗志。

战斗在第一线

余雨，男，武汉市武昌区机关干部，疫情防控期间在武昌区珞珈山街参与患者转运工作

今天的感受比经历更多、更丰富。

上午，我带领王平和毛师傅前往武汉软件工程职业学院，将4名隔离期满人员接出来并送回家。

《长江日报》以“深入社区，把战斗堡垒建在第一线”为题，报道了我“想方设法缩短病患转运时间”的一些经验。说来这还得益于安徽援鄂医疗队副主任医师王诚的建议，经他提醒后，我才积极与各医院出院负责人提前沟通联系，有效缩短等待时间，大大提高了转运效率。与此同时，我始终坚持在患者上车后点一次名，集中询问一次需求、困难，下车后及时与隔离点负责人对接联系，尽可能帮助有“特殊需求”的患者解决实际困难。

今天，习近平总书记来到东湖风景区东湖新城社区看望社区群众，慰问社区工作者和下沉干部，充分肯定武汉人民的牺牲和奉献，称赞“武汉不愧为英雄的城市，武汉人民不愧为英雄的人民”。《新闻联播》播放这一段时，我不禁热泪盈眶，打心眼里为自己能参与此次抗疫且能够战斗在第一线而自豪。

什么时候去拿红本本

桂杨瑞雪，女，武汉大学口腔医院放射科技师，疫情防控期间在黄陂方舱医院参与医疗救治工作

这几天，武汉市的各个方舱医院都陆续休舱了，我所在的黄陂方舱医院前几天也送走了最后一批患者。我们现在还在方舱医院里做最后的消杀、清理工作，休整待命，愿世间再也不需要方舱！

记得刚来方舱医院时，我完全低估了“全副武装”之后工作的难度：行动迟缓，说话想要病人听清楚几乎要靠吼，防护服里大量的热气从唯一的出口——面部散发出来，直接导致护目镜和面屏起了一层又一层水雾，视线模糊，我就偷偷在角落里蹦跶，一下、两下、三下，让水珠快点儿落下来。

下班回到酒店后，我喜欢在吃饭时跟家里人视频，我爸妈还给我出各种妙招来改善我的生活环境，平时话不多的准老公也忍不住插话，问我各种问题，说得最多的还是给我加油。我们俩本来准备“2020-02-02”的那一天去领结婚证的，因为疫情的原因，只能往后推迟。老公，我们什么时候去拿我俩的红本本呢？

3月1日，硚口武体方舱医院休舱

3月9日，江汉方舱医院休舱仪式上，援鄂医疗队队员们举起“我和我的祖国，一刻也不能分割”的标语

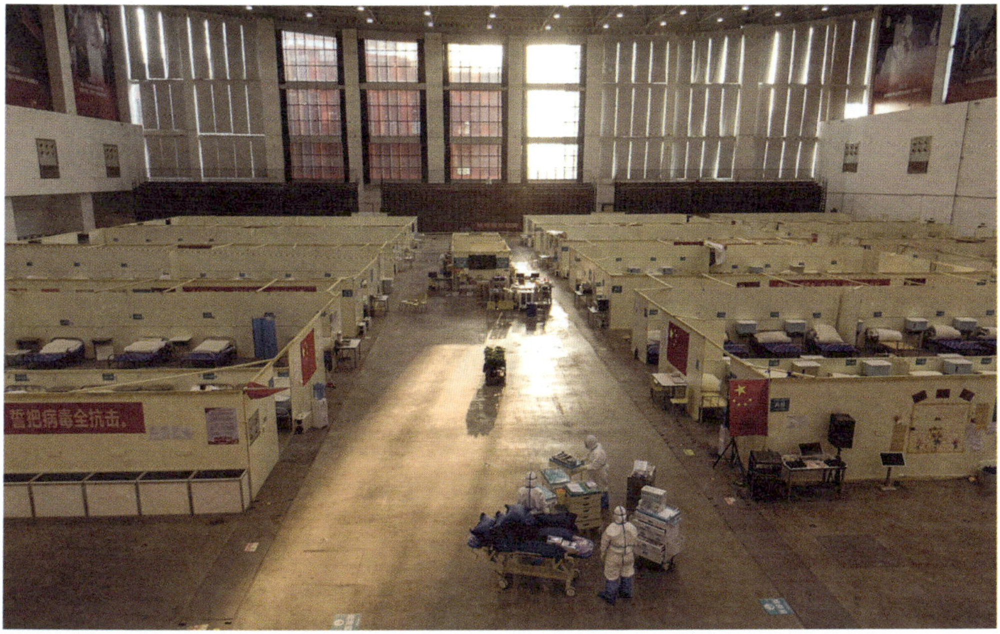

3 月 7 日，随着最后一名患者出院，武汉客厅方舱医院患者“清零”

3 月 10 日，武昌方舱医院，最后一名出舱患者以军礼告别医护人员

武汉市第三医院
湖北省肿瘤医院
武昌方舱医疗队
同舟共

3 月 10 日下午，武汉方舱医院休舱仪式在武昌方舱医院举行

武汉封城第 49 天……

2020 年 / 3月11日 星期三

晴天到多云，5℃～ 19℃

民以食为天，交通管控下的武汉，保障近千万人的吃喝是重中之重。为了让老百姓吃上新鲜的活鱼，保供人员绞尽脑汁、日夜奔忙。这一天，武汉新增病例从两位数降至个位数（8 例），胜利就在看得见的前方！

让活鱼“游”上餐桌

王文高，男，武汉市农业农村局干部，疫情防控期间参与水产品保供工作

清晨，我醒得比较早，一直思考着如何把昨天晚上全市社区保供工作视频会议精神落实到位，让老百姓吃上新鲜的活鱼。

“供货渠道”“保供车辆”“社区覆盖”“困难群体需求”“鱼更鲜活”……脑海里不禁浮现了种种“关键词”，思路也逐渐清晰。“没什么好怕的，在疫情那么紧张的情形下，我们仅仅依靠几个人组成的工作专班就把活鱼运出来，鲜活地送到了社区居民的手中，现在更多的部门参与其中，保供过程中存在的问题将更好解决，人多力量大，方法总比困难多。”在具体工作推进之前，我不断给自己鼓着劲。

上午 9 点，水产保供专班召开“诸葛亮会”，在研究讨论中，我们明确了鲜鱼消费进社区工作的基本目标：“鲜鱼进社区全覆盖、困难群体鲜鱼需求全覆盖。”为进一步提高措施的针对性，大家逐条研究，分解任务，制订清单。“武汉人爱吃活鱼，从前期来看，我们在‘活’字上所做的工作差距较大，特别是很多基地的保供车辆都是临时征用的，虽然都是清晨起网、迅速配送，但到达市民手中，普遍不够鲜活。”有的同志指出这一问题。是啊，淡水产品的一个特性就是要保持鲜活，只有鲜活，才能确保鱼肉鲜美。保持水产品鲜活难，这也是限制活鱼团购的重要因素。

“这个不要紧，我们可以组织养殖基地开展有氧运输，今早市经信局已经协调武钢气瓶公司，可以为我们提供氧气。”我及时向大家通报了这一情况。专班的同志立刻与武钢气瓶公司取得了联系，一通电话下来，备受鼓舞，武钢气瓶公司将免费为我们提供充氧服务，既可以到他们那里集中充氧，也可以为企业提供现成的氧气瓶随车使用，“与武汉人民一同抗疫，为水产品供应提供支援，我们责无旁贷。”对方说。在水产品保供的路上，我们从来都不是独行者，有太多的社会力量在关注、支援着我们。

“要不我们出台一个水产品保活保鲜意见吧，这个肯定是独一无二的……”我的这个想法似乎有点天马行空，专班的同志都很诧异地看着我，“就是针对不同鱼的特性，怎么有针对性地运输，到了市民手中怎么保鲜。”我补充道。大家逐步清楚了我的意图。“这个可以，特别是市民居家如何暂养，很多市民都不了解。”有几十年养鱼经验的水产技术专家老况欣然地接受了任务。

希望通过我们的努力，让更多更鲜更活的鱼“游”上市民餐桌。

胜利就在看得见的前方

单敏，女，民进武汉市委会机关干部，疫情防控期间下沉武汉经济技术开发区沌阳街海滨城社区

今天下午，又收到一批外地捐赠的生活物资，需要快速分发到居民家中。前日分发蔬菜时，个别群众由于不了解情况而产生了一些误会，当时我委屈得要哭。社区很快调整工作方案，确定今天的分配原则，大家分工配合，调取名单、通知、分装、联系，速度加快了很多。一些居民领完物资，笑着向我们致谢，说我们辛苦了。其实，在我心里，付出再多的辛苦都不要紧，只要居民能满意，也希望得到他们的理解。小区封闭已经一个多月了，都说三月小阳春，室外阳光明媚，春回大地，可是居民还是不能出来，我们还要继续值守，做好保供工作。坚持，胜利就在看得见的前方！

昨天习近平总书记在考察湖北武汉新冠肺炎疫情防控工作时强调，抗击疫情有两个阵地：一个是医院救死扶伤阵地，一个是社区防控阵地。我相信，我们这群在社区坚守的志愿者，一定会交上一份让群众满意的抗击疫情答卷。

武汉封城第 50 天……

2020 年 ╱ 3月 12日　星期四

多云有短时阵雨，8℃～ 17℃

一个个好消息从方方面面传来，重症患者陆续出院，无疫情小区不断增加，猪肉投放量创单日最高纪录……抗疫依然是一场艰苦的硬仗，但在武汉，人心更定了，信心更足了。

老奶奶出院了

周锦桃，男，江苏省太仓市第一人民医院医生，江苏援鄂医疗队队员，疫情防控期间在武汉市江夏区第一人民医院参与医疗救治工作

今天是来武汉的第 44 天。清晨 6 点，闹钟响起，窗外天刚蒙蒙亮，我再次检查上班需要的防护物品有无缺漏，对着镜子检查好口罩佩戴的严密性，便和战友们出发去医院。

刚到病区，值班医生和护士急切地告诉我好消息，连声音里都带着喜悦："45 床危重患者生命体征稳定，57 床重症患者病情好转，还有 3 名患者病情好转拟今日出院。"一直以来，我们日夜奋战在防控救治工作的一线，舍生忘死，不负重托，同时间赛跑，与病魔较量，这些消息对于我们来说便是最好的告慰。

离护士站只有 10 步远的 18 床，住着一位老奶奶，年龄 70 来岁，今天是她住院的第 22 天。经过医护人员的细心治疗，老奶奶情况好转，新冠肺炎病毒核酸检测结果为阴性，已经达到出院标准。今日查房时，我告诉老奶奶："您今天可以出院了。"老奶奶可乐坏了，兴奋的表情就像一个获奖的孩子。奶奶激动地告诉我，她住院期间十分想念家人，也非常担心家人的身体，简直是"度日如年"，这下终于可以回家了，真的非常感谢大家。说完，奶奶立即给儿子打电话，电话里不停地对我们医生和护士表示感谢，之后还同我们合影留念。作为一名医生，我为她的康复感到高兴，也被她诚挚的"谢谢"所感动。

终于能坐下休息一会儿

符长堰，男，武汉市副食品商业储备有限公司员工，疫情防控期间参与猪肉保供工作

时钟走到了 1 点钟，严格来说现在已经是 3 月 13 日了。车辆的轰鸣已经渐行渐远，终于能有片刻时间坐下休息一会儿。今天从早上 7 点半一直忙活到半夜，620 吨冻猪肉的出库投放量超出了我们所有人的预料！这是公司有史以来，乃至我市有记录以来，单日出库量最多的一天！620 吨、31000 件货、10 家提货单位、28 台运输车辆，从出库到装车，18 个小时连轴转！此刻我才感觉到嗓子已经嘶哑得说不出话来，前两天磨破的脚底又跟袜子粘在了一起。同事们现在还在核对出库装车明细，我马上也要安排明天的发货订单，大家脸上虽显疲惫，眼神里却是干劲十足！

投放市场的储备冻猪肉

武汉封城第 51 天……

2020 年 / 3月13日　星期五

多云，8℃～ 18℃

憋在家时间久了，对部分人来说，情绪和心理都需要疏导；对另一部分人来说，这是黏合“代沟”的完美契机。但无论如何，居家，也是为武汉抗疫做贡献。

不出去，要“犟倒”！

蔡育平，男，武汉市黄陂区教育局干部，疫情防控期间下沉黄陂区前川街向阳社区

今天是新冠肺炎疫情防控电话询访的第 11 轮，我负责向阳社区前川大道及民贵里的 35 户人家。

电话中，我问：“生活有什么大的困难吗？”

居民答：“有！”

“请讲。”

“没烟吃！”

“烟，是害人的东西，不妨借机戒了它！”

“是呀，早该戒了它，免得害人！”我听到对方电话旁有一位女士的声音，估计是他老婆。

“好，我试试！”他回答说。

另一户人家。

我问：“您家生活中有大的困难吗？”

居民答：“有！”

“请讲。”

“想出去！在家困得太久了，闷得慌！”

“这是什么困难?！”电话那头一个女士夺过电话大声地说，“莫听他瞎说，谢谢您，我们没什么大的困难，他就是想出去！”

我回答说：“他朗嘎（朗嘎，黄陂方言，是对别人的尊称）的心情可以理解，但我们还得犟倒（犟倒，黄陂方言，意思是坚持），不然前功尽弃！好在武汉疫情已经得到基本控制，我们的努力已逐渐看到了成果，要犟倒哈！”

“谢谢，谢谢！”

是啊，封城 50 多天，大家在家宅长了，困久了，难免有点情绪。今天电询，不少人问我什么时候解封。我这样回复他们：这个问题，就是钟院士也说不准。但是，只要我们咬咬牙，继续响应号召，坚决宅在家中，同心协力，做该做的事情，疫情很快会结束。如果不继续坚持，不巩固防控成果，我们将前功尽弃！

当前，疫情已得到有效控制，群众基本生活无忧，但是，群众中开始出现这样或那样的心理问题。因此，无论是下沉干部还是志愿者，在防控和服务工作中，必须高度重视群众的心理问题，用满腔的热情和更多的耐心，做好、做细他们的心理疏导工作。刚才，欣闻黄陂区已开通心理咨询热线，真可谓“及时雨”，可喜可贺，真棒！

宅家，宅深了亲情

杨佳玲，女，武汉市民，疫情防控期间居家

宅家生活已持续快两个月了，我每天都和父母、奶奶待在一起。一家四口终于可以放慢生活节奏，聊聊天，吃吃饭，做些平时想做又没时间做的事。

刚开始，每天对着年龄比我大 30 多岁的父母和已经 80 多岁的奶奶，我嗅到了空气中尴尬的气息。我和他们之间并没有很多共同话题，我也根本不知道自己能为他们做些什么。很多时候还觉得他们有些唠叨，在原先“好好学习”的基础上，又多了“记得洗手”“戴口罩”。

一天，我突发奇想：父母平时那么忙，没时间看电影，我为什么不找一些不错的电影陪他们一起看呢？于是，我找来了一些我认为很好看的国内外电影给他们看。

其实，我也不确定他们看懂没，特别是奶奶，有些片子估计她看着有些懵。不过家人们坐在一起看看电影，也是十分幸福温馨的。家人间的话题也因为电影而串联起来。

“还有没有好片子看？昨天的那部还蛮好看的。”爸爸起床后问我。

“这电影太感人了！”“哈哈，这个片段好好笑呀！”“如果我也有他的能力就好了！”聊天时，妈妈也开始讨论剧情。

“啊，这人是谁呀？”“啊，这段是什么意思呀？”奶奶的话也变多了。我们的宅家生活，因为电影，从无聊变为有趣、有味、有情。

家庭气氛融洽极了，平常没有说过的话也说了出来，感谢这难得的时光，亲情在宅的过程中越来越深厚了。

小时候，父母陪伴我们，教我们走路、说话。现在，由我们来陪伴他们，与他们一起体验我们年轻人喜欢的文化，包括电影、漫画、音乐等，让他们不会掉队。

这次疫情，让我发现那所谓的代沟，其实完全可以通过陪伴“黏合”起来。

疫情防控期间，一名高中女生在家中练习琵琶

武汉封城第 52 天……

2020 年 / 3月14日 星期六

多云，3℃～ 19℃

理发师组成志愿者队伍，为战“疫”工作者和市民免费打理“头”等大事。一尾尾鲜鱼“游”进社区，“蹦”上各家餐桌，百姓笑了，不只因为吃到活鱼，更因为重新品尝到了生活的滋味。各行各业的人们，都在自己的阵地上守卫着武汉，因为这是我们的城市。

解决“头”等大事

董涛，男，楚天交通广播主持人，疫情防控期间参与社区定点调查工作

今天可算理上发了。在户外，露天那种。

上次露天理发好像还是上小学的时候。

在小时候生活的镇子上，有位姓杜的老爷爷，我们用方言叫他“杜爹爹”。杜爹爹的主业是剃头，夏天常在自家门前空地上摆着摊儿，给人剃头。剃头收钱，但我不知道收多少钱，我没管过结账的事儿。现在推算小孩子的应该是两三角钱。

那会儿，杜爹爹一律给小孩们剃“锅铲头”，周围剃光，只在头顶留下巴掌大一片头发，形似炒菜的锅铲。

前几年刚流行“油头”的时候，我的“Tony 老师”鼓励我尝试，说是复古回潮，20 世纪 30 年代国外的潮流重新流行起来。剪着剪着，我在大镜子前惊呆了，这不就是小时候玩剩下的“锅铲头”嘛，结账时花了几百块。没办法，这发型后来还满街都是。

杜爹爹是我的世界里最早出现的手艺人，其他还有腊月上门给全家人做新衣服的裁缝师傅、天热时上门做新家具的木匠师傅等。如今我接触汽车界那些顶级手工大师，或者写文章用到“工匠精神”这个词的时候，脑子里就时常浮现出小时候那些画面。

抗疫持久战打了这么久，全市商业闭户，理发成为头等难事。我头发长得快，平时 20 天左右见一次我的“Tony 老师”，上次还是 1 月 20 日，腊月二十六，已过去将近两个月了。如果不是自己对着镜子剪过几回两边耳朵上方的头发，模样还要“野蛮”。每天上班戴棒球帽，主要是为遮丑，顺便作防护之用。

2 月底开始，理发店品牌“发源地”选出 10 位手艺最好的“Tony 老师”（据说还都是主动报名的“网红店长”）组建青年志愿者服务团队，巡回为医疗人员、公安干警及社区工作人员义务理发。

今天下午，他们来到湖北广播大楼门前空地，一字排开，免费为广电职工理发。很惊喜，我以后一定会记住他们。虽然条件有限，但活儿干得利索，感谢他们。

剪完顿觉清爽。再撑个把月，估计武汉也该解封了吧。

抓活鱼

何爽，女，武钢大数据产业园有限公司员工，疫情防控期间参与志愿服务工作

今天没去超市当志愿者，而是报名参加了公司党员工作队，下沉社区去帮忙，任务是分鱼。

习近平总书记来武汉考察时关心武汉人民的吃鱼问题，暖了武汉人民的心。在物资并不丰富的时候，咸宁人民送来了活鱼，这让社区群众有了一种丰收的喜悦！

从一开始看到扑腾乱跳的活鱼不敢下手，到最后我已经可以麻利地一手抓一条鱼了。抓鱼，装袋，“咔嚓”两下，两个结就打好了。一个小姐姐还奇怪：“你怎么这么快？”我得意地说：“因为我在超市天天打包啊，哈哈！”

等忙完，我的身上湿答答的，都是鱼鳞和血水，把顺路载我回家的同事的车都搞脏了。不过她也强不到哪里去，鞋子进水，连鞋底子都掉了。

社区志愿者正在为居民分发活鱼

武汉封城第 53 天……

2020 年 / 3 月 15 日　星期日

晴天到多云，5℃～ 23℃

这场战“疫”中，夫妻之间、邻里之间、医患之间、干群之间，关系变得更加亲密与融洽。凶猛的病毒，能逼迫人们保持距离，却无法阻止人心挨得更近。

我想再嫁你一次

李婷，女，武汉市中心医院护士，在工作中感染新冠肺炎，经治疗后康复

是啊，今天要出院了。

从 1 月 26 日确诊到今天治愈出院，从一名抗疫一线的医务工作者到接受大家关心、照顾的患者，从经历绝望到燃起希望再到重获新生，好像经历了一生那样漫长。

拉开窗帘，阳光透过玻璃窗照进来，明媚得让我睁不开眼，照在身上金灿灿的，突然觉得自己特别幸运，也特别幸福。想要感激的人，想要拥抱的人，想要说声谢谢的人，想要说声加油的人……太多太多。

当然，现在，我最想念的，最想见到的，最想抱一抱的，还是你。

在家隔离的日子里，你给我铺被子，给房间清洁消毒，给我倒水端药，我却总是蒙着被子一次次地把你凶走；我教你怎么脱防护服，怎么进行消毒，怎么洗手，你却总也学不会；我每天提醒你八百次要洗手，你说你洗了，我却怎么也不放心。

我说想吃大白菜，你就想尽办法买到，做好后送到门口；我说中药太苦，你把药煎好后还在旁边放上一根棒棒糖；我说我不想拖累你，你却在结婚四周年纪念日那天为我准备了一个蛋糕和一束鲜花，还有一张写有“陪你去世界任何地方”的字条。

那天，我问你：“后悔和我结婚吗？”

你说：“如果非要后悔的话，那我后悔没有早点认识你。”

你知道吗，就是这句话让我哭了一晚上，也让我坚定了一定要好好活下去的信念。

我逐渐好了起来。那天，我原本只是想模仿电视剧台词，问了你一句：“等病好了，我再嫁给你一次，你愿意吗？”

其实问这话的时候，我知道你肯定会顺着我。却没想到，你那么认真地看着我的眼睛，说了句：“我当然愿意。”

差点就绷不住了，真的想哭。

谢谢你愿意再娶我一次，谢谢你陪着我一起走到现在。

前几天你说武汉的樱花都开了，等我隔离14天回家，樱花都要谢了，但是没关系啊，蔡先生，错过了今年，我们还有明年、后年，还有余生往后。

你学着我说话，问我病好了，愿不愿意再嫁你一次。我现在回答你：“只要是你，我永远愿意。”

再难也要守护好居民

王学芳，女，武汉市洪山区狮子山街书城路社区党总支书记、主任，疫情防控期间参与社区防控工作

下午6点多，宜必思尚品酒店留观点的一个居民高烧40°C，许久不退，家属焦虑万分地给我打电话。接到电话后，我一边赶往留观点，一边打“120”叫了辆救护车，将她顺利地接到了中部战区总医院。

病人没有家属陪同，我拎着她的行李帮她挂好号。随后，医生开了CT检查单。从发热门诊到CT室，一共只有十余米的距离，但因为肾结石导致剧烈疼痛，她走了半个多小时。此时，已是晚上8点多，中部战区总医院发热门诊的专用CT室已经关门，所有发热病人和急诊病人都需要在急诊科大楼的CT室做CT。我拎着她的两个大行李包，没有办法搀扶她，情急之下我跑到急诊科把自己的身份证押着借来了移动推床。在两个好心人的帮助下，我把这位居民推到了急诊科的大厅，随后这两位好心人离开了。

我将患者从急诊科大厅推到CT室的时候，看到一些病人等候在CT室外面，还听到了病人咳嗽的声音。急诊科的大厅到CT室的距离仅仅只有 50 米左右，但当我把患者送到 CT 室门口的时候，我已经全身是汗。一向坚强的我，不由自主地哭了起来。

那一刻，我感到有些孤独，有些害怕，我想到了我两个年幼的孩子和整个家庭，万一我自己感染了，将影响孩子们和家庭。但是这种想法只闪现了一下，我想到患者危重的病情，想到患者此时此刻没有家人陪伴的无助，稍做调整后，我马上打起精神，将患者的情况报告给了街道，街道派来了三个人陪着我。在排除了肺部问题后，到了晚上 12 点，患者终于在中部战区总医院住上了院。

一名社区工作者忙碌间隙的午餐

武汉封城第 54 天……

2020 年 / 3月16日 星期一

多云到阴天，12℃～19℃

“在新冠肺炎疫情防控斗争中，你们青年人同在一线英勇奋战的广大疫情防控人员一道，不畏艰险、冲锋在前、舍生忘死，彰显了青春的蓬勃力量，交出了合格答卷。”在给北京大学援鄂医疗队全体“90 后”党员的回信里，习近平总书记这样赞叹。疫情大考中，中国青年挺身而出、勇挑重担，堪当大任。

少年强，中国强！

袁晓宁，女，北京大学第三医院医生，北京援鄂医疗队队员，疫情防控期间在华中科技大学附属同济医院参与医疗救治工作

今天真是一个繁忙而又激动的日子。我一早和沈宁副院长去了病房，约了同济医院的同事联合查房，同时进行环境卫生学采样，忙忙碌碌一直到了下午 1 点。

今天最难忘的是 20 床老奶奶所说的“少年强，中国强”。

老奶奶情况一直不太好，先是怎么都不愿意吃饭，后来我们不得不对她下了胃管进行鼻饲，加了静脉输液加强支持治疗。坚持了大概一周，大家每天都去看她，她的主管医生、主管护士一有空就去陪陪她。

因为患有轻度的阿尔茨海默症，老奶奶平时都沉默寡言。有一天查房，我看见她床头桌上的手机显示有未接来电，就让人帮她逐个打回去，恰巧打通了她儿子、老伴和表弟的电话。接通电话后，儿子的深情呼唤，老伴的哽咽请求，表弟病愈后对团聚的盼望，终于唤起了老人家对生活的信心，泪水从她眼角慢慢溢出。再看到她时，她有时会在医生护士的看护下坐一会儿，有一次还喝了半碗粥，她每一次的进步都使医务人员倍感欣慰。

今天，查房到她的时候，电视里正在播放新闻，我们突然听到了“90 后”“信”等关键词，细看电视，发现是习总书记给我们北京大学援鄂医疗队全体“90 后”党员的回信，勉励他们让青春在党和人民最需要的地方绽放绚丽之花。

前几天，我们医院的“90 后”党员写信向习总书记汇报了他们在武汉的心路历程，没想到习总书记这么快就回信了！听到这些，正在查房的一群人，包括一直以来都很淡定的沈院长都激动不已，年轻人更是欣喜若狂。当时我正站在老人家的床头，突然听到她用武汉口音模模糊糊地说了一句：“少年强，中国强。”

我不敢相信是老奶奶说出来的，怕听错，赶忙低下头又问了一遍：“老奶奶，您说什么？”老奶奶的眼睛里满是从未有过的明亮与严肃，她一个字一个字地告诉我：“少年强，中国强！”

当了 20 多年的湖北媳妇，我清清楚楚地听懂了老人家的话。老奶奶紧紧握住我的手，并悄悄竖起大拇指！

回到清洁区，我看到众多未读的微信消息及霸屏的“90 后”朋友圈。虽然激动的“90 后”们忙完后还会抱着我撒娇，但她们已经长大了，是有理想、有本领、有担当的一代。在疫情严峻时勇敢逆行，在生命“红区”努力奋战，在艰苦的环境下茁壮成长，在没有硝烟的战场上彰显了青春的力量。事实证明，我们一直抱在怀里的“90 后”已经长大了，堪当重任！少年可期，未来可期！

不敢歇，怕自己“被取代”

李欣，女，华夏人寿保险股份有限公司广东分公司职员，疫情防控期间在汉探亲并参与志愿服务工作

我已经参加社区服务工作 16 天了，一直没有休息，今天我准备歇一天。

之前有朋友给我发消息：“你身体又不是特别好，不要把自己累垮了。”我看了之后，只是笑了笑。

讲实话，之前我不敢歇，是因为怕自己“被取代”。在成为这个专项志愿者之前，我曾经等其他项目志愿者的通知等了很久。我想着，为什么一直都不考虑我？我到底是哪里不够好？后来才知道，培训一名志愿者也是需要时间和精力的。有些事情，不可能今天要 A 做，明天要 B 做，后天换 C 做。我害怕一旦自己要求歇一歇，就显得自己不够努力了，可能就会被更加努力和要求进步的人“替代”了。

而如今，我不敢歇，是担心我的小伙伴们有事找不到我，社区方面会人手不够，我觉得自己在志愿服务工作上还是挺靠谱的。

昨天写服务日记，写到一半睡着了。是的，连续参与志愿工作的这些天，我的身体已经拉响了警报。本着对自己负责，也对团队负责的态度，我应该做好“持久战”的准备，用“歇一歇”来调整好自己的状态，更好地去迎接明天的工作。既然选择了成为一名志愿者，我就要做到尽职尽责，无愧于心。

武汉封城第 55 天······

2020 年 / 3月 17日 星期二

多云到晴天，8°C～24°C

首批 42 支国家援鄂医疗队撤离武汉。凛冬里，“逆行天使”义无反顾地奔来，与病毒鏖战于生死之间；春风中，平安回家这一刻，英雄们哭了，依依不舍。匆忙间，他们甚至来不及好好看一眼为之拼过命的城市。谢谢你们！我们舍不得你们！欢迎你们到武汉来旅游！

3 月 17 日，天津援鄂医疗队队员挥手告别

3 月 17 日，海南援鄂医疗队踏上归途

3月17日，武汉天河机场，山东援鄂医疗队队员（左侧）与江苏援鄂医疗队队员互相挥手致意

不舍总在离别时

曾良帮，男，成飞医院医生，四川援鄂医疗队队员，疫情防控期间在汉阳方舱医院参与医疗救治工作

卸下铠甲，挥手泪别。

时间总是比想象中过得更快。站在天河机场的候机楼里，午后的阳光让这座城市更加迷人。原以为回家的那天会格外欣喜，却不承想竟爱上了这座城市。

37 天，一晃而过。接到通知后，指挥部组织我们理了发，给我们送上了感谢信，颁发了战疫功勋章，我感到无上荣光。沿路是武汉人民的热情送别，可能是上了年纪，我看不得这些感人的画面。

在机场，我们收到了最特殊的一张机票。在“抗疫胜利日”，我穿过“凯旋门”，登上“胜利号”，坐在“功勋舱”，前往“美丽故乡”。成都，我们要回来了！

登机时间快到了，机组人员为我们准备的签名墙很温暖。下午 4 点 10 分左右，飞机起飞，四川第六批援鄂医疗队的征程，在这一刻画上了句号。再见了！

队员们说，等 14 天隔离期结束，最想和亲朋好友吃一顿火锅、烧烤，回家抱一抱亲爱的孩子。我们乘坐的航班由国航执飞，飞行中，机组人员拿出一面旗帜，让队员们一一签名，并表示要将这面旗帜永远珍藏。

这一次支援，让我收获太多。有专业技能的提升，也有对人性善良的再次认同。在武汉的街头，我看到过深夜出发的急救医生，雨夜执勤的人民警察，骑行匆匆的外卖小哥，接送医务人员上下班的暖心司机，凌晨便开启新一天工作的环卫工人……

“三十功名尘与土，八千里路云和月。”好男儿就是要为国建功立业，不能将青春消磨。我没有多么伟大，等回到成都，我还是那个平凡的我，在平凡的岗位上做好自己力所能及的事情。

张爱玲说过：“我一直喜欢下午的阳光，它让我相信这个世界任何事情都会有转机。”我也是。

医疗队要走了

肖泽宇，男，武汉市硚口区山鹰小学四年级学生，疫情防控期间居家

“快来看呀，医疗队要走了！”爸爸在客厅里突然喊了起来，正在写作业的我，赶紧放下手中的笔，跑到客厅。

站在阳台上，我们远远地看到载着援汉医护人员的车开过来了，前面有一排很酷的警察叔叔骑着摩托车开道，马路两旁站满了送行的人。他们拿着鲜花，举着标语，发出一阵阵呼喊，向回家的白衣天使们致敬。

他们要回家了，在武汉奋战了这么多天的英雄们要走了，望着那些远去的车辆，我的眼睛渐渐模糊了。

虽然我不知道你们是谁，但我从心里知道你们是为了谁。正是你们这些伟大的白衣天使，面对狡猾的病毒，义无反顾地“冲上去”，我们才不再害怕。感谢你们！一路平安！

武汉封城第56天……

2020年 / 3月18日 星期三

多云到晴天，9℃～24℃

当日，武汉新增确诊病例数为0，新增疑似病例数为0，“双零”来之不易。然而，“0”不是句号，战“疫”仍未结束，此时此刻，在武汉的每一个角落，每一个人仍在坚守着，毫不松懈。

3 月 18 日，在汉休整的一线
医疗队队员在东湖樱园赏樱

春天的守望者

郑鸣，男，湖北省文联干部，疫情防控期间下沉武昌区中南路街涂家岭社区

7 点 50 分，当我到达涂家岭银海花园南区时，和我搭班的郑毅已经早早地站在岗位上了，物业负责值班的老高一如平常地笑着跟我点头打招呼。每天这个时间点，是封闭期间的银海花园大门口最忙碌的时刻。这个老旧小区一多半的居民都是铁路员工、仓库保安、单位保洁、快递小哥，还有附近新冠肺炎定点医院——天佑医院的医护人员……我和郑毅顾不上寒暄，对上下班人员一一验证、登记、测温、手部消毒。做了值班员才知道，即使是一些看似琐碎的小事，在这非常时期，也万万马虎不得。

10 点整，6 栋 91 岁的老爷子准时下楼遛弯来了。“我是 1929 年生人，一辈子就在武汉生活。什么事情都经历过，这次这个事情还是第一回。我 2 月 20 日进的宾馆（隔离），3 月 4 日出来的，里面的伙食不晓得几好！医护人员也不晓得几耐烦。医生都说我没事，身体好得很！”每次下楼，老爷子都会坐到我们值守党员的“哨位”旁，和我们聊上一会儿。每次聊天，老爷子都会说到这几句。我和郑毅也都会笑着跟老爷子说：“老爷子，您放心，以您这个身体，只要少抽烟，活到 120 岁绝对没问题！”老爷子，笑着起身：“再忍一忍，再过些天，我还要到街上去吃热干面、喝蛋酒咧……我们老武汉呀，就是喜欢在外面过早！”“老爷子您放心，要不了多久了！”

上午 10 点到 11 点半，是社区工作人员和志愿者们进出小区最频繁的时间段，也是外卖小哥送餐、快递员送货最集中的时间段。“去给北区 3 号楼的杨爹爹买降压药。”“去安顺苑送爱心菜。”“去帮莲溪寺社区的几户居民办天然气圈存。”“前面路口有两家没口罩了，给送一下。”“安泰苑小区有一个疑似病人下午隔离结束要回家了，我们提前过去跟物业沟通一下。”“这是 7 号楼 1 单元订购的东西，麻烦在你们这里放一下。”

“辛苦了！路上注意安全！”“来，您把居民订购的物资放到这里，我们帮他看着。”“7 号楼的那个婆婆一个人在家上下楼不方便，您放心，我们帮忙送上去吧。”

临近中午，银海花园小区里的两只流浪猫如约而至，在我们“哨位”对面吃了几口猫粮，惬意地躺在小区那棵樱花树下休息。盛开的樱花在暖暖的阳光下，分外动人。

门开了，心靠得更近了

梅颖，女，国家税务总局武汉市江岸区税务局干部，疫情防控期间下沉江岸区百步亭温馨苑社区

今天是下沉社区的第 51 天，我所在的百步亭温馨苑社区被列入了无疫情社区名单。50 多天里，百步亭温馨苑社区成立了“战时党支部”，大家各司其职，分工配合，大家现在可谓是“一个萝卜多个坑”，练就了一身本领。每天在指挥员、采购员、搬运工、送货员、分发员、售货员、保安员、驾驶员、心理疏导员、矛盾调解员等多种角色间熟练切换。这次的疫情虽然比我们想象的要严重很多，但是也教会了我们很多东西：什么应该放弃，什么值得珍重，什么值得永远铭记。

我难以忘记，在 3381 户“全覆盖”体温排查过程中，有一户居民电话联系不上，我们的下沉干部上门去找，白天敲门无人应答，晚上发现灯光再次上门，还是无人应答，绕到楼栋背后敲窗户，终于排查到了一对无法用言语交流的聋哑夫妇。门终于敲开了，心靠得更近了。

深夜的小区值守点

武汉封城第 57 天……

2020 年 / 3 月 19 日　星期四

晴天，8°C～25°C

“双零”在网上刷屏，让武汉人看得眼泪直流：“太不容易了！”“大家都是英雄！”“战斗了这么长时间，一切辛苦都值得！”今天陈薇院士团队研发的疫苗注入了志愿者的臂膀，武汉要为世界抗疫贡献一份力量。

迎来“清零”日

庞文跃，男，中国医科大学附属盛京医院医生，辽宁援鄂医疗队队员，疫情防控期间在武汉大学人民医院东院参与医疗救治工作

今日武汉，暖阳高挂朗朗青天，照耀大地又俯察人间。没有窗外的冷雨，没有生活的琐碎，也没有意念中的烦乱。我们在期盼中迎来了渴望已久的“清零日”——3月18日0—24时，武汉新增确诊病例0例，新增疑似病例0例。

二月岁除，执甲出征。三月初捷，载离酷寒。白衣浸汗，岂不涕零如雨。

发完“清零”的消息后，我静静地盯着屏幕，沉思良久，体会着一段段心路，领略着一片片情怀，感受着一份份喜悦。想必，封城近两个月的武汉人，看到这几个“0”，会洗去些心中的尘埃，短暂地忘却些人生的不如意，振奋些前行的精神。

突然想到一张照片：雪后的樱花。樱花与雪相依相偎，纯净与美丽，在甜酸与苦辣中不断碰撞，在风花雪月中，书写了一段美丽的传奇。就像今年的武汉，不管经历了怎样的风霜雪雨，此时都能感受到踏着雪花款款而来的那股春风，携温暖蹁跹而至，拂去了曾经的绝望，唤起了重生的信念。

“0”的背后，有多少人的执着与努力，有多少人的坚持与付出。成功属于武汉援助者，也属于武汉坚守者。

种疫苗，战“新冠”

严政，男，武汉市民，新冠病毒疫苗试验志愿者013号

昨天参加了疫苗志愿者的初筛，测体温、心电图、CT、咽拭子和肛拭子，一个流程走下来，我身上多了三个“弹孔”，回家后还有点担心体检会通不过。

今天早上电话响起，通知我前往疫苗注射点，我简单清理了一下，和老婆商

量好，就瞒着家里老人出发了。

又增加了两个“弹孔”，顺着各种流程，疫苗成功注射到了我们十几个人的体内。军事医学研究院的张老师帮我们每个人都拍摄了整个过程，然后传给了我们。这应该是值得我们每个人骄傲一辈子的瞬间。坐着交通车，我们来到了隔离点的疗养中心二区，各自开始为期 14 天的封闭隔离生活。

武警武汉特勤疗养中心的夜晚，寂静祥和。我感觉整个人开始有点不舒服，微微发烫，身上却没有一点点汗。于是我烧了开水，凉白开应该是我接下来唯一的“武器”。水烧好后，再看看腋窝的云测温设备，摸摸自己脑门，是的，高烧如期而至，从 37°C已经到 38.1°C了，一个平滑的向上曲线。过一会儿，再看了看体温，38.23°C，再没有怎么升高了。喝水喝水喝水！我相信我家的“免疫兵”，一定能够干掉这个“伪装者”（疫苗里面是腺病毒重组过的“伪装者”）。

此刻，我也不敢发信息吵群里的战友们，也许这反应，并不是每个人都会有的。明天起来，如果他们都没有发烧，那我就很丢人了吧?

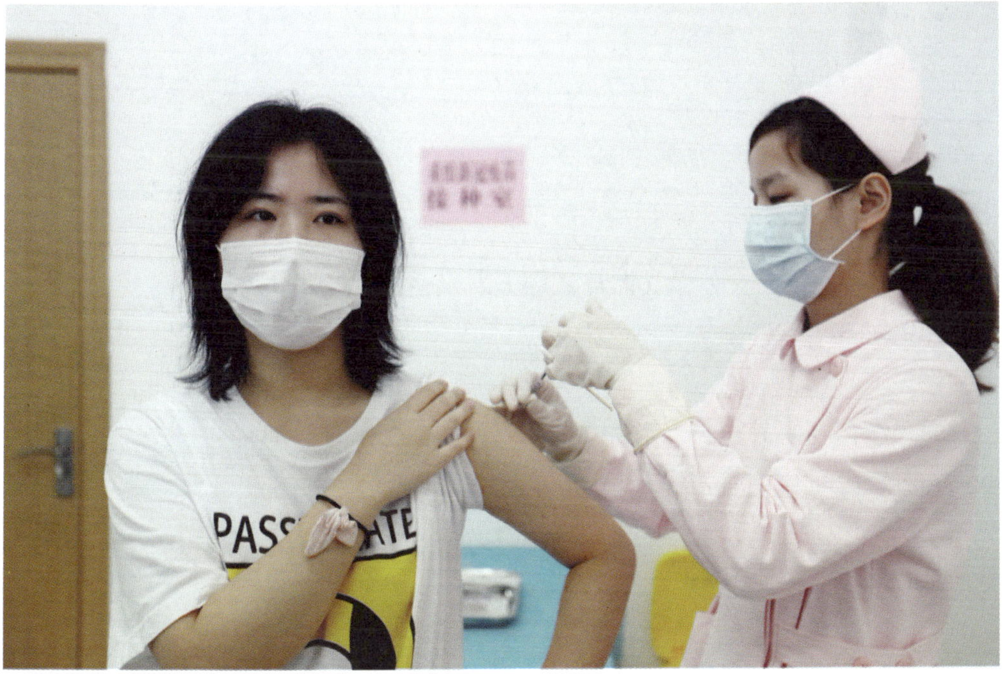

湖北工业大学 19 岁的大一女生作为首批 108 名入选志愿者之一，接种重组新型冠状病毒疫苗

武汉封城第 58 天……

今日春分

2020 年 / 3月 20日 星期五

晴天，9°C～ 27°C

88.7% 的小区被评定为“无疫情小区”，武汉人一直紧锁的眉头稍稍舒展了。康复驿站中，康复患者一批批离开；采血大巴上，市民们纷纷献出热血。春暖花开，鸟语花香的日子来了。

忙碌的春分

惠斌，男，武汉市江岸区四唯街办事处干部，疫情防控期间参与江岸区隔离点志愿服务工作

今天迎来了春分节气。辽阔的大地上，杨柳青青，莺飞草长，小麦拔节，油菜花香，正式进入明媚的春天。

早饭过后，康复驿站现场就热闹起来。40 名康复患者今天结束康复观察期，准备回家。接到通知，康复患者们早早地就收拾好行李，等待着所在街道社区派车来接。

上午 9 点开始，微信群里的信息不断："231、303、306 房间人员离开，可以清理。""311、312、315 房间已完成清理。"每一位患者离开，医疗组就会在群里发出通知，报出房号。安保队员立即赶到，逐间清理。晴朗的天气虽然让阳春美景更加妩媚，但此时也给紧张作业的安保队员们带来艰辛。收拾房间，让队员们密闭的防护服被汗水浸透，护目镜也起雾模糊。外围执勤队员余勇齐和王少康也没闲着，一边接待来接人的车辆和人员、做好登记，一边拎着康复患者的行李并扶他们上车，还要做好内外场联络，及时解决在内场保洁的安保人员的各种需求。

11 点半，队员王少康和余勇齐扛起刚送到的盒饭保温箱给楼里的患者们一一送去。"要让每名患者及时吃上热饭，这是最基本的工作要求。"

12 点，离开康复点的患者已有 30 人，万文喜和 3 名队员还在酒店里忙碌着。"午饭来了，赶紧先出来吃饭吧！"外围执勤队员招呼着万文喜他们。汗流浃背的 4 名队员走出酒店时，隔离服已经完全贴在身上。全身消毒，再脱下隔离服时，他们仿佛刚从水里捞出来一样。近两个月的抗疫值守，队员们都养成了错时取餐、分开吃饭的习惯。几名队员领过盒饭就分散在值守帐篷外面吃了起来，我赶紧找来几瓶水和牛奶给他们送过去。"辛苦了，多补充点水分！"几名队员接过水，一饮

而尽。“中午就不休息了，还有房间没整理，下午还有人员要出去，工作量还很大。”匆忙扒完盒饭，万文喜就赶紧招呼队员们重新穿上防护服进场工作。短暂安静的微信群又活跃了起来，各种工作信息不断传来。

15 点 50 分，当日 40 名康复患者全部离开康复驿站。安保队员们的清理工作还在继续。“谢谢安保帅哥们，都辛苦了！”17 点 20 分，微信群里传来了医疗组负责人陈医生的感谢和问候。此时，忙碌的“安保帅哥”们还无暇回应陈医生的信息。

“天将小雨交春半，谁见枝头花历乱”，春分时节，阴阳相半，昼夜均而寒暑平。今日春分，过了今日，昼更长夜更短。

一切都越来越好了

彭翰林，男，武汉市民，新冠肺炎患者，经治疗后康复

今天是我从方舱医院出院的第 23 天，居家隔离的第 10 天，身体状态正常！

伴随着武汉连续几日确诊、疑似病例数为零，且保持着每天几百人的出院量，在没有境外输入病例的情况下，武汉甚至成了很多人眼中很安全的地方，武汉的公交车、地铁已经在进行调试，解封应该指日可待。与此同时，越来越多的援鄂白衣天使们开始返程，在武汉客厅方舱医院的广东援鄂医疗队也已经启程离汉了，感谢他们无私的守护，即便在出院后，她们还经常通过电话、微信关心我的身体状态，提醒我要休息好、多锻炼。

在方舱医院的时候，我不仅心率偏快（经常每分钟超过 100 次），而且连平时没有怎么关注的血压都经常偏高，当时都怀疑自己得了高血压……经过回家这一段时间的自我调养，每天做艾灸、泡脚，保证充足的睡眠后，我的心率、血压都渐渐稳定在正常水平了，一切都越来越好了，等隔离期满后我就继续去定点医院做 CT、抗体复查。

与武汉“血”脉相融

李鹏程，男，武汉市公安局江夏区分局民警，疫情防控期间参与无偿献血活动

上午 9 点 30 分，一条“热血献武汉 · 抗疫我先行——江夏自驾游协会、抗疫爱心志愿者车队无偿献血活动”的横幅耀人眼目。广场的一辆采血大巴车前已排了两条队伍，来自江夏自驾游协会、抗疫爱心志愿者车队的 26 位爱心司机早早来到这里，毫不犹豫地挽起袖子，献出自己的一份爱心。

获知武汉血液中心血库告急，我在群里吆喝了一声，没想到，大家纷纷响应，踊跃报名。他们大多是“70 后”货车司机、滴滴司机、商店小老板、打工者，疫情防控期间每天不计报酬为社区转运爱心物资、代购药品和送诊，忙得不亦乐乎，听说要无偿献血，又毫不犹豫地站在了最前面，我打心眼里为这群“真心英雄”感动。此前我 7 次献血，每次都是 200 毫升。由于这次是我提出的倡议，我决定带头献出 400 毫升。在采血的大巴车上，当冰凉的银针插入我的血管，看到两袋采血包渐渐饱满的时候，我感觉已与武汉这座英雄的城市“血”脉相融。

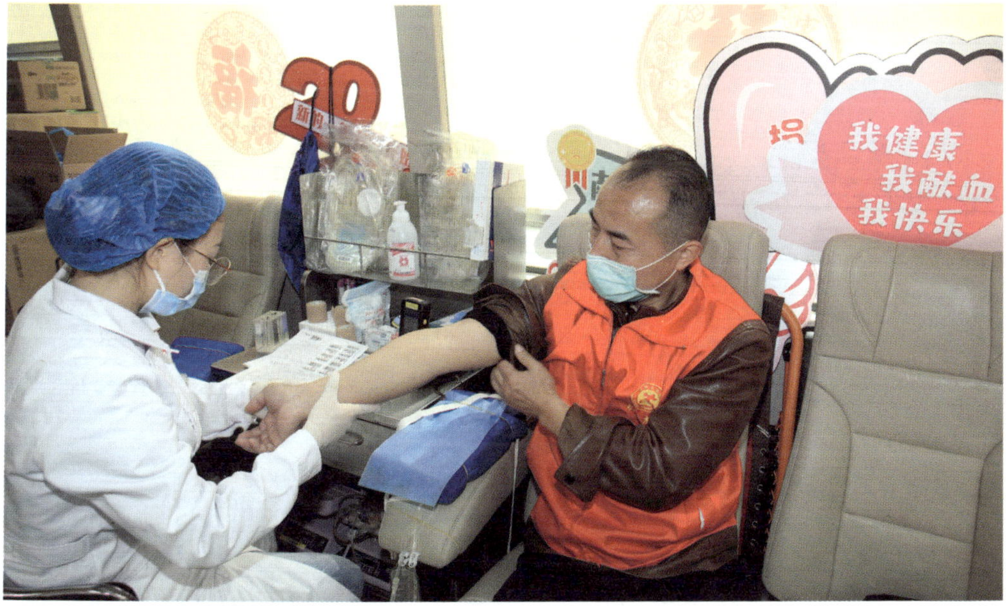

3 月 20 日，一位市民在江夏区世纪广场旁的采血大巴车上献血

武汉封城第 59 天······

2020 年 / 3 月 21 日 星期六

多云转雷阵雨，13℃～ 23℃

疫情终将过去，生活日趋正常。复工就是稳就业，复产就是稳经济，防疫与复工兼顾，安全与发展并行，为复工专列点赞！

我们回家啦!

孙桥奇，男，东风本田汽车有限公司员工，外地返汉复工人员

今天下午 2 点 45 分，作为东风返汉复工专列 G6846 十堰站的人员组织者，我同 600 多名十堰市的东风本田员工一起从十堰东站上车，途经襄阳，赶赴武汉。这是新冠肺炎疫情防控形势向好以来，东风公司首趟复工专列，也是武汉市首趟返岗复工专列！本趟列车共运送公司员工 1013 人，在站前体检过程中，大家均无发热或咳嗽等症状。行驶途中，公司和铁路部门为我们提供了充足的消毒用品，全车人也都佩戴了口罩，做好了各种防护措施。

经历了这个特殊时期，能够再回到咱们武汉，踏上这片土地，我觉得非常开心和自豪。出站后，公司安排了 50 余辆大巴接我们，送至站点后，又安排专员精准核对每个人的信息，让我们感到温暖备至。接下来，我会以饱满的热情投入到工作中，撸起袖子加油干！

3 月 21 日下午 4 点 45 分，武汉首个返岗复工专列——汉十高铁 G6846 次列车抵达汉口火车站

帅小伙又回来了

刘莎，女，辽宁省沈阳市公安医院护士，辽宁援鄂医疗队队员，疫情防控期间在雷神山医院参与医疗救治工作

今天我的值班时间是 8 点 30 分至 14 点 30 分。出发时阳光明媚，我和每天乘坐的班车合了个影，想把在武汉的点点滴滴都记录下来。早班时间是患者们状态最好的时候，在护理患者的过程中，我能和他们深入交流，我们彼此都很珍惜共处的时光。

今天除了要完成医疗护理工作，还要为患者做一些生活护理，比如剪发。新冠肺炎患者和其他患者不一样，他们在出院后还需要隔离一段时间，不能外出理发，原来帅气的小哥哥都变成了长发飘飘的“小姐姐”，这样的形象怎么能回家见亲人呢？为了给患者“改头换面”，我们几个战友齐上阵，研究着从哪里下手。儿子小时候，我曾经用剪发器给他剪过头发，也算有经验了。我拿起剪发器，上好卡尺，一切准备就绪，如小李飞刀一样，刷刷刷……不一会儿，能扎小辫的长头发不见了，帅小伙又回来了，成功了！旁边的患者看到了，连连称赞：“你们可真是全能选手呀，既能治病救人，又能给病人理发！”

一个班的时间很快就过去了，我们不仅整理好了每一位患者的床位，还将病区内所有药品都进行了归类整理。武汉的天气越发暖和起来，我整个人在隔离服中，就像在桑拿房中一样大汗淋漓，有时会感觉眩晕，但想想家乡初春的和风，我就又充满了能量。

停拍不停爱

刘闯，男，制片人，疫情防控期间与电视剧《红房子》剧组人员一起滞留武汉

这是武汉封城的第 59 天，剧组人员患难与共，可以称得上是“过命的交情”。

大家在各自房间隔离，距离很近却不能见面，每天会在微信群里互相问候。现在比 2 月份的时候好很多了，肉类、蔬菜、水果都能买到了，就是防疫物资还是比较紧缺。

今天，我和主创人员开了一场视频会议，与编剧、导演、摄影、演员们沟通了工作，希望主创们始终保持工作状态，做好随时复工的准备。令人无奈的是，酒店房间只有 30 平方米，再加上不能出门，工作人员难免会有一些焦虑的情绪，作为制片人，我尽量从情感上多关心大家，安抚大家的情绪。

其实，我也非常焦虑，带领着 200 多号人滞留在武汉，住宿、设备等各类费用每日固定支出 5 万元，这意味着整部戏的制作成本不断增加，每天一睁开眼都是钱，实在是“压力山大”。不仅如此，每天带领着这么多工作人员在武汉，我也要为他们的生命安全和健康负责，所以每次电话一响我都会心里一哆嗦，我害怕接到工作人员的电话说自己不舒服或者有发热的症状。不过万幸，剧组全体人员平安健康！

我相信整个剧组都会平安回家，目前湖北省除武汉市以外的其他城市已经解封，相信武汉离解封也不远了！

武汉封城第 60 天……

2020 年 / 3 月 22 日　星期日

阴天，局部零星小雨，17℃～ 23℃

送战友，踏归程，外地医护人员与武汉医护人员依依惜别。“春光中的武汉”直播活动走进湖北省博物馆，数百万人在线上与久违的藏品相遇。无论是离别还是重逢，大家的心靠得更近了。

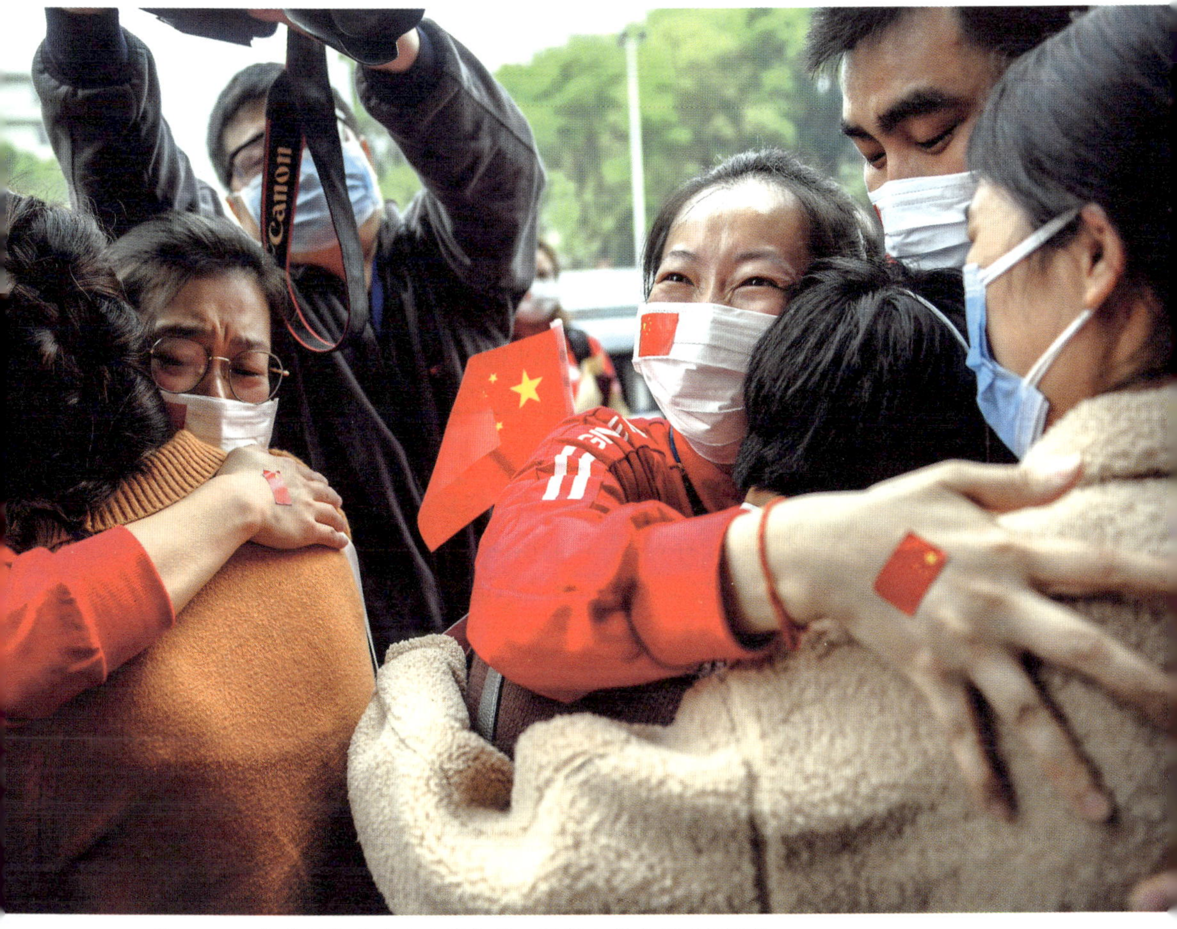

3 月 22 日，上海援鄂医疗队队员与武汉医护人员分别时的场景

展厅里的“你们”都好吗？

方勤，男，湖北省博物馆馆长，疫情防控期间住进博物馆外的保卫室，24小时守护文物的安全

今天，“春光中的武汉”直播活动来到博物馆，我也跟着网络观众一起走进了久违的展厅。上午9点，开馆了，曾侯乙展厅、楚文化展厅、瓷器展厅、梁庄王展厅打开了。这是自1月23日闭馆后第一次开展厅。尽管闭馆后每天通过监控24小时观察展厅及文物，但毕竟没见面，类似视频电话；而今天，是重逢、见面了，那种激动是不可言喻的。我把展厅全部走了一遍，把每件文物凝视了一遍，曾侯尊盘、铜联禁大壶、曾侯乙铜鉴缶、曾侯乙编钟，就像老朋友重逢一样，轻声向他们问候：你们好吗？60天没来看你们，你们受委屈了。今天通过网络直播，会有许多人看到你们啦！

下午统计数据出来，竟然有796.6万人次观看了直播，原来有这么多人在关注并想念他们。

沟通，无声也感动

魏丽娟，女，山西省阳泉市第四人民医院护士，山西援鄂医疗队队员，疫情防控期间先后在武汉大学中南医院、雷神山医院参与医疗救治工作

我们病区有位聋哑患者，住院已近两个月。从方舱到雷神山，经历的痛苦、恐惧、彷徨与无助，她无法言表，但用纸和笔与我

们认真沟通，写下了对我们的感谢。

今天，为了让她感受到我们的热情和关爱，增强她的营养，我们阳泉四院的护士们代表医院送上了精心准备的山西特产核桃、红枣和老陈醋。当我们亲手递给她时，她激动地用手语“说”道：“亲爱的山西护士们，你们辛苦了！谢谢你们！”开始我们都没看明白，她就一边用纸写，一边手把手地教起我们来。

正在交流的时候，她突然从床上下来，双腿一软，就想下跪，我们赶紧扶住了她，一边说着“您别激动，这都是我们应该做的”，一边不由得泪流满面，口罩里早已分不清是汗水还是泪水。她的情绪稳定后，拉着我似乎想要说什么，仔细分辨之后才明白原来她是以为我们要走了。我接过她手中的笔，眼含泪水，有力地在纸上写下我们的承诺：“阿姨，请您放心，我们一定会一直治疗、护理您，直到您康复出院。”她看完后放心地冲我们竖起大拇指，并用手语不停地表示着“谢谢”。

从病房出来，我们的心情久久不能平静，泪水止不住地流。我们平时接触的患者绝大多数是容易沟通的人，他们在新冠肺炎疫情面前尚且需要通过沟通来排解压力，而阿姨这样的聋哑患者因为沟通存在障碍，其实更无助，也更需要关爱，我们给她的点滴温暖，都被她当成了天大的恩情。我私下交代我们全体护理人员对她要格外关心，只要有时间就多去和她沟通，及时纾解她的情绪，了解她的需求，一定不能辜负她对我们的信任，陪伴她顺利愉悦地走向康复。

武汉封城第 61 天……

2020 年 / 3 月 23 日 星期一

多云到阴天，13℃～ 24℃

一手抓防疫，一手抓经济。复工复产的各种车辆，在城市街头疾驰；车内车外的人，进出挨个量体温、扫健康码，防疫一点没打折扣。滞留外地的武汉人，终于可以回家了。大武汉的活力，正在逐渐恢复！

3 月 23 日，东风乘用车公司生产车间，工人间隔 1.5 米吃午餐

科技园活力又恢复了

李佳，女，武汉东湖新技术开发区大学科技园有限公司员工，疫情防控期间参与保障企业复工复产

早上 7 点 43 分，当看到小伙伴们纷纷在群里报送岗位地点及进出口通行情况，我的心情紧张又激动——热闹而忙碌、充满生机和活力的大学科技园逐渐回来了。

我和同事开车从大学园路高架桥往南，沿长城园到理工园、华科园，再到武大园、华师园，一路上车辆川流不息。上班的人虽然都戴着口罩，但他们的眼神里流露出兴奋和激动。

一周前，集团专门召开会议，研究复工复产工作，并安排我们东大园公司、光谷广场公司和新城地产公司的 25 位小伙伴组成工作专班，协助东湖高新区光电办服务园区企业复工复产。集团领导说，我们的任务就是帮助企业解决问题。

大学科技园总面积 4600 多亩，有 20 多年历史了，是我省高校科技成果转化的承载地、高新技术企业的孵化地、创新创业人才的培养地、孵化资源的集聚地。服务好、保障好园区 5 万余人、2000 多家企业安全复工，是我们的重要使命。我们迅速进驻各园区，启动项目摸排、园区巡查和咨询服务工作，详细了解申请复工企业的具体情况，主动筛选出"五必需一重要"、规模以上工业服务业以及重要产业链的配套企业，推荐给光电办优先审批。

我们从 6800 家线上申请的企业中筛选出大学园片区企业 142 家。昨天，我们对其中 113 家审批未通过的企业逐个进行访谈，了解企业的实际困难，并将有特殊困难的 30 家企业上报光电办，并于昨晚审批通过。

我们还主动联系百余家已获批复工但未及时复产的企业，了解企业复工复产中存在的问题。今天上午，得知个别企业的员工存在用餐和住宿困难，我们马上对接配餐单位，帮助企业解决了员工分散就餐、错峰就餐问题，落实了住宿问题，并调配消毒水，保证企业复工复产和疫情防控工作顺利开展。

想企业之所想、急企业之所急，在做好疫情防控工作的同时，助力企业复工复产，这是我们的使命。这些天，我们是紧张和忙碌的，同时也是充实和幸福的！

滞留在外人员回家了

严辉文，男，武汉市新洲区文化和旅游局干部，疫情防控期间下沉新洲区阳逻街永平社区

今天气温较高，仿佛进入了初夏。下沉一线同志的本职工作，也越来越多。昨天领导给我打电话说，区里对图书馆与文化馆建设有了新的要求，科室责任人必须兼顾，但不要耽误下沉工作。

我所下沉的永平社区由若干个老旧小区组成，社区面积较大，设有多个卡口。

在新龙街卡口，上午有两三位老大爷在讨论疫情。旁边，昨天卖菜的老婆婆又出来摆摊了，今天摆出了花菜、黄瓜、白菜薹、腌菜，甚至还有草莓。在老婆婆周围，几位大妈戴着口罩谈论家长里短。我们在卡口执行扫码、登记、量体温等任务之余，不时要过去提醒：请大家不要扎堆，保持距离。

在卧龙小区卡口，出来的人询问什么时候能解封，或者更直接些：明天我们区“清零”14 天了，是不是能先解封？我们只能耐心地劝解，说没有接到通知，大家回去好好休息。

在兴发小区门口，上午从东莞回来了一家人，各种手续齐全，大约是春节外出旅游，最后因疫情滞留在外地。一起下沉的同事在工作群问我怎么处理，我说先请他们到社区登记。一会儿，同事又回话：手续齐全，他们说一直是跟社区有联系的，有了社区证明，东莞那边才放行，武汉才让他们进入的，而且刚才还跟社区书记通了电话。我说那就测体温、扫码，让他们回家吧。滞留在外人员终于回家了。

武汉封城第 62 天……

2020 年 / 3月24日 星期二

多云转阵雨，15℃～ 22℃

生活琐事，都成了抗疫大事；身边小区，都成了抗疫战场。志愿者团队，直面困难，坚守一线，帮居民代购生活用品；干部下沉社区，自掏腰包买蔬果，给老人送上门……这些，为封闭中的街区增添了一抹暖暖的亮色。

武汉人都是勇士

沈娟，女，华中师范大学教师，疫情防控期间参与社区志愿服务工作

一早出门去校医院替社区居民取药，共 13 份。接着，沿路慰问一线抗疫同事，探望特殊群体。中午 12 点半，到家没来得及喝口水，就接到电话说社区团购的“爱心助农”秭归红橙到货，立马换掉汗湿的衣服赶往东门，先抵达的志愿者已经卸完货，我负责收款就行。

回首这两个月，每一位武汉人都是这场战“疫”的勇士，勇敢直面突如其来的困难。亲历此疫，百感交集。在社区和超市运力不够、货源紧张时自驾为社区抢购政府平价肉，被领取物资的邻居误解；发放团购物资到最后没有志愿者自己的；商场缺货临时调换物资被邻居质问……好多次我想要退出，但最后还是坚持了下来。想想那些患者，想想大多数邻居期盼的眼神，面临再大的困难也不觉得苦，心存感恩迎接它、消解它。

病毒无情，人间有爱。封城初期，学校已放寒假，我积极参与民间志愿组织，参与救援物资信息对接，联系医生朋友加入抗疫志愿服务群，为群友网上诊疗、看 CT 片，对接确诊家庭急需的丙种球蛋白、制氧机等，协助因封城被阻隔在外省的医生朋友通过铁路绿色通道顺利返汉增援防控……2 月 11 日，单位发布致毕业生的一封信，我的手机号在网上公布，此后，接受电话问询，处理邮件，完成教育厅日报、教育部周报和每周四的个性化职业咨询，参加单位在线会议、管理社区微信群、组织团购、代取药送药、社区采购，等等，每日无限充实。

我所在的小区曾获“最牛小区”称号，原因除了有一群高素质的居民和尽职的物业人员，也有社区工作人员的功劳。他们几乎 24 小时在线，承受了很多委屈，但始终坚守在一线。当然，还有志愿者。志愿工作持续时间长，对志愿者身体素质和资源调配能力等都有较高要求，要抗疫通行证才能出门，会开车才能买药送药，有社区采购代购证才能帮邻居们代购生活用品，好在我们的团队都具备。

甜甜的粑粑柑

潘中锋，男，武汉城市职业学院教师，疫情防控期间下沉武昌区南湖街中央花园社区

我每天都要抽时间对着网格居民信息表看一看，想想会不会有什么事情疏漏了。我的目光落在6栋5单元一户人家，这户住着两位老人：代婆婆和万爹爹。两位老人的居家处境让我担心起来，一个70多岁，一个80多岁，住的六楼是从商业门面的二楼起算的，从地面算起，就是八楼，没有电梯。老人不常用微信，但特别遵守社区要求，多次感谢社区送来爱心菜。我感觉代婆婆十分坚强，总不想给别人添麻烦。这样的老人，即使家里有困难，可能也不会提出来。想到这些，我更加放心不下，决定不再“问客杀鸡”，自掏腰包买点新鲜青菜去看望一下。于是，我叫上两位一起下沉的同事，来到中商平价超市，买了包菜、生菜、胡萝卜和粑粑柑。这么一大包生活物资，担心老人不收，我就事先和同事约法三章，一定不能说是我们掏钱买的，只说是社会爱心人士捐赠的，每个老年人家庭都有。

当我们敲开门，说明来意，代婆婆没有犹豫就收下了菜，还向我们诉说了她发愁的一些心事，感觉像是家里来了亲戚，开心了很多。我们说，有事我们随时会来，平时有事可以随时联系社区，老人家非常高兴。我们离开时，老人家一直不舍得关门……

愿代婆婆二老的晚年，在疫情过后，如那新鲜的粑粑柑，越来越甜……

武汉封城第 63 天……

2020 年 / 3 月 25 日 星期三

小到中雨，18℃～ 22℃

停开两月后，武汉恢复运营 117 条公交线路。看着久违的武汉公交上路，许多市民流下热泪。长江之滨的这座超大城市，熬过了艰难时期，正在回归正轨。

3 月 25 日，全市 117 条公交线路正式恢复运营，市民有序出行

公交恢复运营

王晖，男，武汉市公共交通集团有限责任公司员工，疫情防控期间参与通勤保障工作

今天是一个值得铭记的日子，在暂停 62 天后，武汉的 117 条公交线路恢复运营。武汉，开始“重启”了！

1 月 23 日上午 10 时开始，武汉的公交全部停运，但我们驾驶员并未休息，我所在的车队先后参加了接送商超员工上下班和安徽援鄂医疗队的通勤保障工作，一直到 3 月 23 日安徽援鄂医疗队撤离。3 月 23 日、24 日我们进行了各项培训并 “试跑”，今天正式开始运营。

早上 5 点 45 分，天还没有亮，我驾驶 509 路第一班车从起点站汉口堤边路公交场站出发，驶向 15.6 公里外的终点站汉口火车站。发车前，车队安排专门人员给我们司机测量体温，对公交车内外也进行了充分的消毒。跟以往不同的是，从今天开始，我的车上多了一位同事——31 岁的安全员胡伟龙。他随身携带着红外体温计和消毒记录本，负责测量乘客体温、指导乘客扫码。

行驶在熟悉的线路上，车窗外吹来阵阵清凉的晨风，外面街道不少地方还亮着灯。回想两个月来发生的一切，感慨万千，终于恢复正常了！虽是轻车熟路，但还是略感紧张，毕竟是 60 多天以来正式发出的第一班车。前几站并没有人上车，在解放大道新荣村站，终于上来了第一位乘客，他也是这趟车唯一的一个乘客。在安全员的指导下，他很快完成了乘车手续。闲聊中得知这位乘客在汉口火车站上班，平时都是这个点在这里等 509 公交车，昨天从新闻中了解到今天公交恢复运行，便抱着试一试的心态来体验一下，看到 509 公交车真的来了，感觉很惊奇。

6 点 40 分左右，公交车顺利抵达终点站，所用时间跟平时差不多，忐忑紧张的心情终于放松了一点。按规定，每跑完一趟，都要对公交车进行消毒。短暂休息后，又开始回程。

第二班的时候，天空已大亮，路上车不多，大都是执行任务的保障车辆，窗外吹来的空气非常新鲜，隔着口罩几乎都能闻到。这趟车的乘客多了一些，有三四个人吧，有些乘客并不熟悉扫码操作，胡伟龙都耐心给予了帮助，所以到站停靠的时间比平时稍长一些。这回上车的乘客无一例外都拿出手机在车厢里自拍，大概是想记录下这具有纪念意义的时刻。他们有的人还向我们咨询恢复了哪些公交车、运营时间有没有变化等问题。这一趟也很顺利，往日拥堵的地点都畅通无阻，我反而觉得不习惯，甚至有些怀念，希望能够尽快恢复到以前的状态。

上午的三个班次结束时，已是 12 点多，我圆满完成了今天的任务。回到车队，领导详细询问了今天的路况和客流情况，叮嘱我们司机和安全员一定要做好个人防护，同时做好上车乘客的实名登记。

下班途中，回想上午的运营，既兴奋又激动，终于等到这一天了！我是土生土长的武汉人，到今年已整整开了 23 年的公交车，之前从没有像今天这样激动和喜悦过。我知道，今天公交车能够重新上路，来之不易。公交车穿梭在大街小巷，不仅可以方便市民出行，更让人体会到一种久违的车水马龙的感觉。

转战新战场

葛洪兵，男，南通大学附属医院主管护师，江苏援鄂医疗队队员，疫情防控期间在华中科技大学附属同济医院中法新城院区参与医疗救治工作

今天是我们第三批江苏援鄂医疗队在同济医院上班的最后一天，而我所带领的 G 组在这里坚守最后一班岗。

我们今天的主要任务是将病区的 9 位病人平安转运到其他病区。病人的转运工作，尤其是重症病人的转运，我们不仅要承担力气活，还要做好病人转运途中的病情观察及处理。

和病人做好沟通，备齐转运途中的物品，我们便开始了转运交接工作。当我们在转运一床病人时，外面下起了小雨，我们便给病人披上了防雨布。遇到有小台阶的地方，为减少病人的颠簸不适，我们都会将床轻轻抬起。

将所有病人都平安转运交接好之后，我们再次来到病区。忙碌了一上午的我在口罩里喘着粗气，护目镜上还挂着雨滴。走在病区的走廊上，我的内心感慨万千，有兴奋与不舍，也有感动与感恩。这 50 多天来我们在这里来往忙碌及病人康复出院的场景，都历历在目。

更换好衣服来到清洁区，我们和同济医院的护士长做好最后交接，同济医院中法新城院区 C8 西病区患者数：零！一起奋斗过的本院医务人员给我们每人送上了一朵花，感谢我们的同行！

接下来，我们将要转战武汉市肺科医院 ICU。我们定会慎终如始，不胜不归！

武大樱花盛开，春天如约而至

武汉封城第 64 天……

2020 年 / 3 月 26 日　星期四

中到大雨，18℃～ 25℃

独自站在街角，听着暌违已久的轻轨列车试跑的声音，不禁泪目，有一种恍若隔世的感觉。经历了疫情，见过太多无常和生离死别，武汉人心中所想的，是无论如何都要坚持下去。

终于走出小区大门

孟莹，女，武汉外国语学校初中部教师，疫情防控期间居家

今天是农历“三月三”，按湖北的风俗是要吃地菜花煮鸡蛋的。昨天在盒马鲜生居然买到了地菜花，今天煮了6个鸡蛋，不管能不能预防头疼，取个去疾的好寓意吧，愿所有人以后平安顺遂。

今天我出小区大门了！还记得上一次出小区的大门是50天前的2月5日，一个特别晴朗的上午。后来，我站在家里的露台上，曾经无数次眺望院墙外的世界，心里想象着自己再次走出小区大门时会是怎样的情形，会有什么样的心情，应该是兴奋、快乐的吧！

看到业主群里发了一个通知，说小区每家每天可以派一人出去，时间不超过两小时，只能去大门口的中百超市。我又私信问了社区工作者，她说我可以出去。来到小区门口，忐忑地跟大门保安说要去超市买东西，经过扫健康码、测体温、登记信息一整套手续，我终于在严格封控50天之后走出小区大门。

马路上有行人，三两个，拎着东西匆匆走过。时不时有骑车的人从我身边经过，大多是送外卖和快递的小哥。车辆比之前一段时间稍多了一些，但行人还是屈指可数。总的看来，行人和车辆比我想象的要少。不过，街上比50天之前更加有生气，有了等待的行人和车辆，红绿灯也重新有了存在的意义。

路上遇到两个巡查人员，他们朝我看了一眼，我赶紧加快脚步，很快就到了超市。本来还想趁机去码头潭公园逛逛，终究还是有点胆怯。进超市又扫了健康码，测了体温，登记了信息。放眼望去，品种还是如往常一样丰富，我转了一圈又一圈，却没有什么购物的欲望。看到有妈妈喜欢的麦片，就买了一罐；听到旁边有人说某种饼干好吃，也买了一包。

突然想起同事说的那句“物是人非”，于是，在阔别50天之后，独自站立在街道的转角处，听着头顶上呼啸而过的轻轨列车试跑的声音，有一种恍若隔世的感觉，眼泪情不自禁地流了下来。

过命的交情

韩冰，男，辽宁省沈阳市第四人民医院护士，辽宁援鄂医疗队队员，疫情防控期间在武汉大学人民医院东院参与医疗救治工作

要回家了，我心情复杂了，眼圈也红了。

下午，我们辽宁援鄂医疗队拍了集体照，撤离的日子已经确定。我们分管的 3 病区和 4 病区的患者早已是个位数，今天这两个病区将腾空。

曾经以为收到回家的消息后会立马收拾行李，但不知道为什么这一刻我脑海里出现的是小飞。能再给我几天时间吗？再给我些日子，小飞也许就能撤掉呼吸机了……

小飞是我们病区病情最重的患者，他刚来的时候能走能跳，后来突然病情加重陷入昏迷。为了更好地护理小飞，病区成立了 ECMO 特护小组，有重症护理经验的护士都参加，我也是其中一员。我参与了救治小飞的整个过程，我们倾注全力，把最先进的治疗手段全用上了，目的只为拯救这个年轻的生命。

今天我值最后一个夜班，正好和小飞说再见。

小飞的气管是切开的，无法说话，我们两个大老爷们的告别很直接。我说，我们要回家了，今天是最后一天护理你了，等你病好了，来沈阳，我请你吃烧烤、喝“老雪花”。他看着我，眼圈红了。还好，我戴着护目镜，他看不到我的眼泪。

今天是我最后一次给他做踝泵运动，小飞的肌力曾经为 0 级，长期卧床，不进行锻炼的话，全身肌肉将会无力，等痊愈了会站不起来。给他做踝泵运动这样的康复治疗，是我给他的加项。我这一走，心里还真惦记他。

我和小飞互加了微信。我叮嘱他，真正好起来了一定要告诉我，沈阳永远有一个弟弟等着他，我们有过命的交情！

武汉封城第 65 天······

2020 年 / 3 月 27 日 星期五

阴天有中到大雨，6℃～ 18℃

暴雨过后，写有“温馨提示”的纸条依旧紧贴在门上，正如城中的市民，始终默默守护自己的家园，不离不弃；白衣天使“疫”线入党，医护工作者的初心从未改变。

担心是多余的

苏凌翔，男，湖北省直机关干部，疫情防控期间下沉武昌区珞珈山街武汉大学工学部社区

下沉社区第 29 天。

昨晚一夜都是狂风暴雨、电闪雷鸣，不过竟然没摧毁我贴在院子门口的温馨提示条。这个小纸条本身很脆弱，虽经风吹雨打，但只要不被毁坏，就牢牢地贴在大门上，静静地不离不弃，“守护”着家园。

遇到暴雨，城里的社区一般不用担心会出现房屋倒塌及水患的情况。不过，多年的基层工作经历还是让我下意识地提醒自己早点去社区，去看看负责的那几栋楼，看看平时关注的那些人。

我负责的楼栋楼梯间是开放式的，经过一天一夜的狂风，不知情况如何。我直接冲向楼栋，只有一个想法：快点。

担心确实是多余的，这几栋楼今天没有新增外地返汉的，所有的封条都是原来的样子。群众工作靠平时的积累。今天上午，有一位手受伤的老太太，在阳台门后看到我来了，就跑到阳台上朝我挥手说：你好辛苦哦……另一户听到我的脚步声，打开门探个脑袋悄悄对我说，他的邻居这两天要回来了。

准备收工回去吃饭时，我看到同事负责的楼栋有一住户居民正拎着大包团购的生活物资，便直接上前帮他送到家。这位居民居然认识我，路上还自豪地跟我说我们这个社区被评为无疫情社区了。

天气变冷了，听说神农架又在下雪。想想现在负责的这个社区，几条团购渠道很畅通，物资有保障，心稍安。

初心从未改变

马骏，女，北京大学第三医院护士，北京援鄂医疗队队员，疫情防控期间在华中科技大学附属同济医院参与医疗救治工作

今天，能够成为一名中共预备党员，我感到激动、兴奋，也感到肩上沉甸甸的责任与使命。多年来，自己的努力和付出得到党组织的肯定，无上的光荣将伴随我今后的人生。从今天起，共产主义将成为我一生的追求和信仰，与党同呼吸、共命运、共荣辱将是我一生的荣耀。

2003 年，我看到抗击 SARS 的医护工作者救死扶伤、为民服务，从那时起，成为祖国和人民在危难之时需要的人，便是我的梦想和目标。

今年年初，新冠肺炎疫情暴发，武汉的疫情便时刻牵动着我的心，医护工作者的初心更加激昂。从请战、奔赴前线、带组护理，我一刻都没有犹豫，因为我知道，党和人民需要我的时刻到了。

来到武汉，我看到了党和政府的统一调度、全盘布局得到高效执行；看到了广大人民群众争相驰援武汉；看到来援的各省市医疗队众志成城、团结一心，我知道，有党的领导、人民的支持，我们最终将打赢这场没有硝烟的战争。

来武汉的 60 多天，我备受感动和鼓舞。领导们的亲切关怀、队员们之间的相互鼓励、患者们的配合支持以及那一声声“谢谢”，无不让我感动。

时至今日，疫情终于得到了基本控制，身在抗疫一线的我倍感欣喜。今天能够在“疫”线上成为预备党员，我感受到了自己素养的提高、党性的提升，这一切都是党组织对我关心培养的结果。

武汉封城第 66 天……

2020 年 / 3 月 28 日 星期六

阴天有中到大雨，4℃～ 11℃

沉寂两个月后，武汉铁路客站迎来了首批抵达乘客，深藏地底的“巨龙”苏醒，城市的脉搏重新跳动。满载复苏的希望，列车向着春天出发。熟悉的武汉，就要回来了。

地铁工作人员正在检查车厢

开往“春天”的地铁

吴亚，女，武汉地铁运营有限公司员工，地铁恢复运营当天驾驶2号线首班车从天河机场站始发

为了做好地铁恢复运营的准备工作，我早已把工装熨烫平整。今天是地铁恢复运营的首日，我非常激动，很早就醒了，起床后还精心打扮了一下。

4:40，我开始检车，虽然是重复了数千次的动作，但我这次格外细心，因为这趟车将是开往“春天”的首列地铁，是城市逐渐复苏的标志，所以要更加谨慎细致。

5:25，我登上熟悉的列车驾驶室，将列车开至天河机场站，作为首发车迎接第一批乘客。启动列车、打开车灯，车头射出两道强烈的光柱，刺破疫情阴霾逐渐消散的夜空。那一刻，我眼睛里泛起幸福的泪花。经过两个多月的努力，武汉的疫情终于得到基本控制。我对城市逐渐恢复如初很有信心，感觉熟悉的武汉马上就要回来了。

6:30，我准时在天河机场站关门发车。从监控视频中可以看到，车厢里的乘客虽然不多，但在陆续增加，除了挎小包上班的市民，还有一些拖箱子、背背包的外来务工人员。

上午10:00下班，其实，我还不愿意回家，想接着工作，尽快看到乘坐地铁的人多起来。

开往“春天”的地铁，为复工复产的人们打开了快捷通道，也为浴火重生的大武汉注入了源源不断的动力。

种下“友谊之林”

全承炫，男，中南大学湘雅三医院医生，湖南援鄂医疗队队员，疫情防控期间在华中科技大学附属同济医院中法新城院区参与医疗救治工作

昨天下班时，我们病房的病人只剩下 4 人了。按照统一部署，我们将在两日内清空病房，把达不到出院标准的患者转至留守的北京医疗队的病房中。

接到通知，仍在同济医院的各援汉医疗队队员，今天上午一起参加植树活动。我们准时赶到植树地点，中南大学湘雅二医院以及山东、吉林、北京等多支援鄂医疗队都来了。

国家卫健委医政医管局监察专员焦雅辉的到来，让现场气氛达到了高潮。植树活动中，医疗队代表、北京大学第三医院院长乔杰首先发言，她回顾了医疗队在同济医院中法新城院区的医疗工作，并代表北京队表达了继续奋战的决心。焦雅辉随后发言，她回忆了 2 月初安排医疗队支援武汉时的情景，感动于两个月后的今日，大家已看到了胜利的曙光。

在今天这个特殊的日子，我感触良多。这么多个日夜，大家共同相守，援鄂医疗队与同济医院已经融为一体，大家抱团取暖于武汉的寒冬中。幸运的是，经历寒冬后，2020 年的春天如期而至。我们在这里，一起植下这片“友谊之林”，种下有纪念和象征意义的生命之树、希望之树、健康之树，值得永远珍藏于心。

启动仪式后，各医疗队分头行动，选择一片区域植下代表自己医疗队的树苗。我们医疗队在王知非队长和刘作良副队长的带领下，种了 4 棵树。

自从来武汉后，我一直都在病房中和患者一起同新冠病毒做斗争，无暇顾及和欣赏武汉的美丽春景，心中略有遗憾，但今天这个遗憾消失了。我们在这里种下的树苗，它们将会茁壮成长。

武汉封城第 67 天……

2020 年 / 3月29日　星期日

小雨转阴天，7℃～ 10℃

从零开始，至零方休。雷神山医院挟着雷霆万钧而来，见证了一场场生死搏斗，随着病区逐个清零，渐渐归于平静。离别的这一天，人们欢呼、拥抱，互称“战友”，庆祝来之不易的胜利。在另一个战场，社区防控工作依然在路上。

我在雷神山的战斗结束了

温芳艳，女，广东省深圳市中医院护士，广东援鄂医疗队队员，疫情防控期间在雷神山医院参与医疗救治工作

今天，我最后一次行走在前往 C6 病区的路上。今天的主要工作是整理病房，完成隔离病房消杀工作。这应该是我最后一次在武汉穿上防护服了。

43 个日日夜夜，我见证了雷神山医院 C6 病区从建立、运行到现在病区清空，直至完成它的历史使命的全过程。

想起刚来的时候，这里也是空荡荡的，一切都要从零开始。那时候的“加速度”，是为了早点战斗在一线，帮助患者早日康复。我第一次穿上防护服时，还有些紧张，做什么都小心翼翼，现在动作已经非常熟练，也不害怕了。

我还记得接诊的第一个患者，他说着我们听不太懂的本地话，有点紧张地述说着自己的病情。在为他办好入科手续后，对医院环境还不太熟悉的我一路看着标识，领他到指定的床位。

我发现他不太爱交流，多次问询才知道原来他是担心自己的病情。于是，在治疗期间，我一有时间就去和他聊天，每天下午带着他做八段锦、养生操，查房的时候多关心他的病情。渐渐地，他会和我说起他的家人，和我分享他的心情。到后来，他会主动和我聊天，聊他的经历，聊他的家人，尤其是他想念的孩子！那一刻，我的付出终于有了回报！

终于，他要出院了。我第一次知道出院流程是怎样办理的，也是第一次将隔离病房的患者送出科室的大门。我们全科出动，早早地准备好所有资料和药品。他竖起大拇指，不断说着感谢的话，脸上洋溢着笑容。接他的车来了，我们一路上不断叮嘱他出院后要注意的事项。走到医院大门口，他停下脚步，向我们挥挥手后，又把腰弓下，久久不愿直立。目送着远去的车子，我们静静地站了几分钟，暗暗地给自己加油！还有患者需要我们，我们还需要再加把劲儿！

穿着大白服，我穿梭在内走廊、缓冲间、病房、外走廊。汗水浸湿了里面的洗手衣，我不觉得苦；脸上出现了压痕，我不觉得痛。

晚上 20:20，主任和护士长亲手给 C6 病区贴上封条。在封条贴上的刹那，我在雷神山的战斗正式结束了！

再累也值得

胡明荣，女，武汉市汉阳区江堤街江欣苑社区党委书记、主任，疫情防控期间参与社区防控工作

5:20，闹钟响了，我与平时一样，起来洗脸漱口后开始做早餐。吃完早餐后，接到江欣苑小区居民沈红艳打来的电话，建议今天社区工作人员到白沙洲大市场采购一些蔬菜，给小区居民换个口味。我把这条建议发到社区工作群里征求意见，大家纷纷表示赞同。

在安排好小区今天的工作后，我看了下时间，接近 9 点钟。联系好车辆后，我带着社区的 3 名志愿者和 1 名下沉干部来到白沙洲大市场。市场路两侧有不少小摊，供应的菜品也不少。为了尽量保证蔬菜新鲜且实惠，大家分工逐摊逐摊地询问价格。挑了快两个小时，最后购买了青椒 860 斤、生姜 900 斤、大蒜头 900 斤、葱 200 斤、莴苣 1 吨、包菜 1.29 吨、生菜 4 吨、粉丝 200 箱、榨菜 200 箱。正准备装车时，我又接到居民涂志国的短信：需要买 2 盒六神丸、2 支红霉素眼膏、1 瓶酒精和 1 盒口罩。我马上将信息转发给社区志愿者，请他们到药店购买后送至涂志国家门口。

下午 1 点半，蔬菜运到了社区多功能活动室，我立刻组织人手开始卸货，然后按户分装，又把分装的菜挨家挨户送到居民家中。快 5 点钟，我开始与社区 57 岁的党员志愿者陈满祥一起送新城·春天里小区 15 栋的爱心菜。送完后，我与下沉干部郑欣、社区工作人员王梦、志愿者方磊一起，带着米、油、面条、千张、鱼等物资慰问新冠肺炎逝者的家属。雨越下越大，天越来越黑，也越来越冷，人也越来越累。我从 1 楼爬到 6 楼，再从 6 楼下到 1 楼，一趟又一趟，一户一户地安慰、劝说，逝者家属的情绪大为缓和。一直到晚上 9 点多，我们才全部慰问完毕。

今天虽然说比较累，但我完成了社区居民交给我的所有“作业”，也接受了群众的检验，从居民一条条感谢的微信和点赞的短信，到接到一个个诉求得到解决后的反馈电话，我感觉今天过得很有意义，就算再累也值得！

武汉封城第68天……

2020年 / 3月30日 星期一

阴天，局部零星小雨，7℃～11℃

商场大门重开，路上开始堵车。往日的日常生活重现，让人心存感激。这世上，没有一种安好是理所当然，只有失去后才懂平常已是所有。

小青年，大管家

余杏芳，女，武汉市民，疫情防控期间居家

封城已经 68 天了。

上午，志愿者薛佳送来代购的外科医用口罩。我听到脚步声后开门时，薛佳在电梯门口给我一个笑脸。

这是志愿者第几次送东西来，我已记得不太准确了。他们每次来，都是把东西放在门口，然后再送下一家。我打开门后，常常只见东西不见人。而此时，我总是下意识地往电梯门口张望，是想看看他们的模样，却总是失望而回。拎起他们送来的物资，我似乎感觉到他们手心留下的余温，心里不禁涌起阵阵暖流。

为了减少人员接触，志愿者们在业主群里倡议，请各位业主在自家门前放好盆子备用。志愿者直接将代购的生活物品放在盆子里，离开后用微信通知业主出门取回。有时，因担心冰冻的食品取晚了变质，他们还发通知叮嘱："饺子已送，请快点拿进去放冰箱里！""豆干已送！""烧卖已送！"他们的喊话让业主们感动，业主群里不断接龙：已取回！已取回！已取回！感激的表情包不停地滚动。我家门前的盆子里放有红纸条：谢谢你啊！最美的志愿者！

我回翻团购志愿者群中的聊天记录，脑海中忽然蹦出六个字来：小青年，大管家。科技苑小区 200 户家庭 600 余居民的个性化生活需求，平常是需要专班来打理的，而在此时，几个志愿者就做到了。他们和物业人员一道，保障了小区居民的正常生活，而且一坚持就是近两个月。他们的名字是夏艺菡、熊晓焱、薛佳、狄晓敏、苏昊、吴义珍、汤咏、罗昶、夏菲、周紫丹、向玉冰、廖元春等。

疫情考验了我们的城市，邻里的真情让小区凝聚。而志愿者们在危急时刻，不顾个人安危，一次次地送物上门，抚慰着困境中的居民，像黎明前的一线光亮、一支火炬……

商场复业了

张静，女，中商广场营业员，疫情防控期间参与志愿服务工作

商场终于复业了。早上8:10，我进入工作间，换上了久违的工作服。在打扫完我负责的柜台区域后，我又与同事整理货架，备好了今日的赠品，并对营业区域进行了消杀工作，空气中弥漫着消毒水的味道。

9:30，保安在商场门口张贴着“请有序排队进场”“进门请扫健康码”的告示。此时门口已经排了很长的队伍，大家都安静地等待进入。

10:00，商场正式营业。分隔线前，保安对每一位顾客测体温，提醒他们出示健康码，然后一一放行，秩序井然。顾客排队扫健康码，经过酒精消毒后入场，我顿时感觉商场人气满满。两个小姑娘进门后，直奔我们的化妆品柜台，说好久没出门了，问我们最近有没有新款和优惠活动。不少快递小哥在一楼来回穿梭，柜台员工将顾客在线上平台预定的产品打包好，交给他们。封城期间，实体店铺无法开张，多家百货公司和购物中心都积极在线上平台做活动卖货。

18:00下班，紧张而忙碌的一天结束了。我开车回家，准备第二天的线上品牌直播活动。回家的路上遇到堵车，不同于以往，我今天一点也不烦躁，反而觉得有些欣慰和开心。武汉开始堵车了，熟悉的武汉就快回来了。

武汉封城第 69 天……

2020 年 / 3月31日 星期二

阴天，局部零星小雨，8°C～12°C

三月的最后一天，7000 余名白衣战士离汉。离别的日子里，有悲伤和不舍，也有喜悦与自豪，但更多的是感动与感恩。青山一道同风雨，明月何曾是两乡。中共武汉市委、武汉市人民政府致信援汉医疗队全体队员，感恩白衣天使！

送别“女神”

李首文，女，武汉东湖新技术开发区管委会干部，疫情防控期间参与援鄂医疗队后勤保障工作

今天是3月的最后一天，最难忘的是送别李兰娟院士团队，社会、媒体都很关注。这两天我们先后送别了27支医疗队的4000余名队员，李院士团队是坚守到最后的医疗队之一。李院士的离开，某种程度上意味着武汉战“疫”取得了阶段性的胜利。上午9点10分，团队登上开往机场的大巴，沿途早早地站满了饱含感激泪水的送别者。

去机场送别医疗队的路已经走了好多次，每次看到机场大道两侧的送别标语，我都禁不住落泪。大巴车来到机场3号门，我先赶紧走到车门口接应李院士，担

3月31日，李兰娟团队离汉返程

心她下台阶不稳，毕竟是 70 多岁的人了。在武汉辛苦了两个多月的她慈眉善目，身上贴满了粉丝们准备的爱心贴，显得特别有活力，那份淡定和自信值得我们学习。领导们给医疗队队员赠送了锦旗、鲜花，与医疗队在机场合照留念。现场“感谢女神、武汉加油！”的呼喊声此起彼伏。

机场大厅响起歌曲《武汉再相聚》，“天之涯，地之角，相知无远近；日之晖，月之华，万里犹比邻。”熟悉的旋律萦绕耳边，这是我们高新区服务医疗队的小姑娘周娴参与创作并亲自演唱的，队员们都会哼唱，她亲身经历的感恩、感动，尽在优美的旋律中。

送君千里，终须一别。脚下这片土地孕育着无限的生机，希望下次再来机场，是接英雄们到武汉，品佳肴，饮美酒，重温战斗岁月，感受光谷魅力，接受我们的最高礼遇。

平安撤离

赵娟，女，武汉市东湖医院护士，疫情防控期间在金银潭医院参与医疗救治工作

接到了撤离的通知，我很开心，也有点失落，开心的是终于可以和家人团聚了，失落的是，这意味着我和我五湖四海的战友们就要分别了。一场疫情让我们并肩战斗，这次分别，可能以后再无缘相见，不管怎样，真诚感谢你们为武汉拼过命。

熊熊拉着我一起去做了核酸检测，拍了 CT，她一路都很兴奋，走路都蹦蹦跳跳的，我们实在是太渴望回家了。CT 显示情况良好，医生建议我们注意健康，定期复查就行了。好吧，我要求不高，能活着回去我已经很满足了。

终生难忘的 73 天，因为使命，冲锋在前。明天就要平安撤离了，曾经的一幕幕清晰地浮现在我的眼前……

历经此“疫”，唯愿生者有力，创造更多美好的瞬间；抚慰伤痛，无负于我们来之不易的今天；告慰逝者，无愧于他们到不了的明天。

3 月 31 日，武汉市金银潭医院院长张定宇在机场送别上海援鄂医疗队

3 月 31 日，江苏援鄂医疗队离汉

武汉封城第 70 天……

2020 年 / 4月1日 星期三

阴天，局部零星小雨，4℃～17℃

隔屏不隔爱，智慧的火花在网络空间跳动。线上教学有条不紊地进行，老师们新招不断；各行各业都已为复工复产做好准备。武汉，正在恢复久别的烟火气。

线上教学有新招

江海燕，女，武汉市蔡甸区第六小学教师，疫情防控期间参与“空中课堂”教学工作

一切向好，路上行人渐多，门前地铁已通，大多数企业复工，街上店铺开张……可学校开学时间依然没有确定。

复课未定，网课继续。我面对的是一群小学生，他们没有初高中生的自律，若是没有家长的督促，全靠学生自己，那网络教学对于大部分学生而言，收效甚微。可是，网络教学又是这个非常时期唯一可行的办法。于是老师们使出浑身解数，想方设法提高网络教学的实效，我们学校推出了小组管理。

武汉外国语学校美加分校每周一早上准时举行“云上”升旗仪式

从前天开始，我们班就开始分组管理，全班分为 7 个小组，每组 10 个学生。一上午时间，组长建学习小组群，将成员一一邀进小组群。速度“杠杠滴”！看来孩子们的学习能力不容小觑。今天上午，“空中课堂”学习小组接龙进行得有条不紊。看着孩子们在群里忙得不亦乐乎，我的内心颇觉欣慰。14:10，组长通知成员上线，14:30 准时开始线上测验。

说实在的，我对我们班孩子能否全部上线参加测试心里是没底的，这个班我去年才接手。小学网上教学，最依赖的是家长的监督，而我们班的确有家长由于各种原因疏于对孩子的管教，所以网上教学伊始，即便每天电话三催四请，依然有那么几个学生不去参与线上学习，偶尔会做客般来一次，而后销声匿迹一段时间。若是在平时课堂上，可以时时督促，可现在老师心有余而力不足，只能一遍又一遍地单独提醒，且不知道对面看信息的是学生还是家长。以前就觉得教育不是万能的，现在更觉得教育有时是鞭长莫及的。真担心这些不参加学习的孩子复课后的情况，但是线上教学并不会因为个别同学的懈怠而停滞不前。

实行小组管理的第一天，线上检测中第一次有 67 个孩子提交了作业。只有两个孩子没有提交，其中一个单独跟我讲明了原因。这是线上课堂第一次出现的好景象，这完全取决于组长们的“狂轰滥炸”。看来，孩子管理孩子的效果很不错呀！

“非接触式”办税

周颖，女，国家税务总局武汉市江夏区税务局干部，疫情防控期间参与志愿服务工作

今天是 4 月的第一天，距离解封的日子越来越近了。

最近工作越来越忙，企业基本上都复工了，各类税收优惠政策不断，因为疫情防控期间实行“非接触式”办税，所以企业很多都是通过电话、QQ 和微信来跟我们沟通，我又恢复了以前忙碌的日子。每个企业负责人都在跟我说难，我也知道前两个月真的很难，不过随着各类税收优惠减免政策和资金扶持政策的出台，我

相信他们一定能熬过去。最近政策密集出台，我只能靠下班充电，边学习边总结，给每个咨询的企业负责人以准确答复。虽然比以前更忙更累，但这些付出是值得的。

体检中心要开门了

王静，女，武汉市红十字会医院护士，疫情防控期间在本院参与医疗救治工作

今天是我休整的最后一天。自疫情发生以来，亲朋好友一直在以不同的方式关注我、关心我、鼓励我、支持我，一张图片、一句问候、一个电话、一个点赞，都表示出他们的牵挂，这一切将是我一生中最珍贵的回忆！也衷心地感谢大家！

接上级通知，体检中心要开门了。有些单位已经复工，为了方便他们安全复工，我院体检中心除了之前所查项目外，还添加了排查新冠病毒感染的项目。又看到一则消息，今年中考时间各地区根据疫情状况自行安排；高考时间除北京、湖北没确定外，其他地区推迟了一个月，即7月7日、8日考试。我的家族还有考生呢。高考学生什么时候进行体检，都必须听从安排。

感谢为我工作的A4纸和三支笔。这段时间，因为写日记，我在书桌前一坐就是一整天，没时间追剧，一直在看书、看新闻，和同事聊天收集信息，我留心观察、思考并记录下来，得到了不少夸赞。

今天是四月的第一天，再见了，拼了命的三月！再见了，拼了命的二月！再见了，拼了命的一月！

春有百花秋有月，夏有凉风冬有雪。若无闲事挂心头，便是人生好时节！

武汉封城第 71 天……

2020 年 / 4月2日 星期四

阴天，局部零星小雨，9℃～17℃

新生儿响亮的啼哭，为家人带来喜悦和安慰，也是对病毒不屈的宣示。无论遇到怎样的惊涛骇浪、怎样的曲折反复，人们总能从困境中再次站起，迎向新生。

新生带来喜悦

程祥，男，媒体人，疫情防控期间居家

今天是很开心的一天。因为有个很好的消息：我的外甥女娜娜，顺利产下一子。这是疫情中，我们这个大家庭得到的最好的消息了。

封城之初，只是担心不能按时产检，以为到孩子出生的时候，应该会解封了。可谁都没有想到，一直封到现在。上个月，娜娜和她爸妈一起，穿着防护服，去了一趟医院，做产检。那是封城期间，她唯一一次出门。

上周，我带可乐，去看了看娜娜，而接下来的一个多月可能都见不到他们了。

为什么呢？因为疫情防控期间，一切都是非常规的。首先，娜娜住院前，做了核酸、血清特异性抗体和 CT 等检查，先排除新冠肺炎，否则不能入院。其次，陪护人员也得同样做检查，排除新冠肺炎后才能进入病房。最后，他们出院后，直接去月子中心，得待一个月，同样，月子中心也是严格控制外来人员。

所以，为了大家的健康，特别是新生儿的健康，我们得一个多月后才能见到他们。无论如何，在这特殊的时刻，有新生命降临，真是一件无比高兴的事情！愿小宝宝和娜娜一切顺利！

老婆说，今天下班后，发现大街上好多车，感觉像封城前的路况。不过，小区依旧封控得很严。

小学生开学的日子遥遥无期，有的说要到 5 月底，有的说要到 6 月底，有的说要到 9 月……总之，这网课是持久战，真是始料未及啊！

今天可乐上课表现不错，作业做得十分认真，字写得十分漂亮，受到老师点名表扬。而且，听说娜娜姐姐生了宝宝后，他也高兴得跳了起来！

刚刚，看到一个消息：湖北省人民政府评定王兵、冯效林、江学庆、刘智明、李文亮、张抗美、肖俊、吴涌、柳帆、夏思思、黄文军、梅仲明、彭银华、廖建军等 14 名牺牲在新冠肺炎疫情防控一线的人员为首批烈士。

他们不顾个人安危，逆行出征，敢于担当，无私奉献，用生命践行为人民服务的初心使命。

国家和人民永远都不会忘记他们。

即将回归正常生活

朱傲冰，男，武汉市民，新冠病毒疫苗试验志愿者 009 号

今天是注射疫苗后隔离检测的最后一天。我已经完成了短期观察内的最后一次抽血，并且拍了双肺 CT。CT 扫描结果显示我一切正常，抽血结果属于专家组的实验数据，暂时不公开。但是我要告诉大家是个好的消息。

在完成了 14 天的隔离观察后，我即将回归正常生活了。在这期间，我认识了许多志愿者朋友，也认识了许多可爱的网友。真的非常感谢网友们的鼓励，大家的每一条留言我都认真地看了。因为有你们的陪伴，让每一分钟都弥足珍贵。

今天是隔离观察的最后一天，但这并不是结束，新的生活即将开始。

一名滞留在武汉的外地人在吉庆街“大排档”群像前唱歌

武汉封城第 72 天……

2020 年 / **4月3日 星期五**

多云，12℃～ 18℃

武汉市建立常态化疫情防控长效机制，持续做好小区封控管理工作。买菜送药，守门站岗，防控力度不减。随着各行各业复工复产，大武汉时刻准备迎接新挑战。

寒食之后，重生新火

文翔，男，武汉市民防办干部，疫情防控期间下沉武昌区水果湖街武铁社区

今天最大的新闻是国务院公告：4 月 4 日举行全国性哀悼活动，表达全国各族人民对抗击新冠肺炎疫情斗争牺牲的烈士和逝世同胞的深切哀悼。目前全市警报器处于正常使用状态，并安排了管理人员进行值守。昨晚有朋友向我了解相关情况，其实我也知道得不太多。

清明节举行全国哀悼，是对生命的重视和尊重。逝者安息，生者坚强。

与下沉社区工作直接相关的是，武汉市今天发布通知，建立疫情防控长效机制，小区持续封控管理，其中提到“下沉社区的机关干部、企事业单位职工要按照全市统一要求坚守岗位，按规定有序撤离”。时下还是做好当前的事要紧。

中午眯了十几分钟，因居民来社区咨询醒了。拿起手机，看到田老师发的微信：“我妹治慢性病的药能否帮她拿一下？”我前去拿了病历，很快来到石牌岭的汉口大药房，把病历递过去，却发现医保卡不在，赶紧与田老师语音通话。因为离开田老师家时，她又塞了些东西给我，不知是否会掉在袋子里，下楼去出租车上找，还是没有。20 分钟后田老师发来微信，说卡滑到另外一个袋子里，并连声致歉“害得你忙了一阵子”。

回到社区，又有慰问物资发放，对象是疫情防控期间非因新冠肺炎去世人员的家庭，我随网格员去了 4 家。

今天是寒食节，寒食禁火、食冷，可新冠肺炎病毒怕高温，此时吃进口的东西必须是热的。田老师送的香蕉坚果小零食，倒是可以开口即食。不知道是不是饿了，最年轻的网格员的“吃相”在我眼里十分“可爱”。

在古代，寒食之后，重生新火。

扫码！扫码！

刘辉，女，武汉市民，疫情防控期间居家

复工三天，比想象中适应得快。开心，也感激工资没有“缩水”！我没车，虽然公交已陆续开通，但特殊时期以防万一，公司安排了同事接我上下班。

虽然武汉疫情基本得到了控制，但仍不能掉以轻心，复工之路非一马平川，每天都要“过五关斩六将”。

首先，小区只开放了一个进出口，进出都要出示证件（企业复工证明、个人复工证明）、扫码、量体温、登记个人信息。

路上一路畅通。

到了园区，需要扫码。然后进写字楼，同样要扫码、量体温、登记信息、消毒。到了公司，再次量体温、消毒、通风。

下班后，顺路去楼下超市买菜，同样要消毒、量体温。啊，好难！再去小铁门拿个快递。

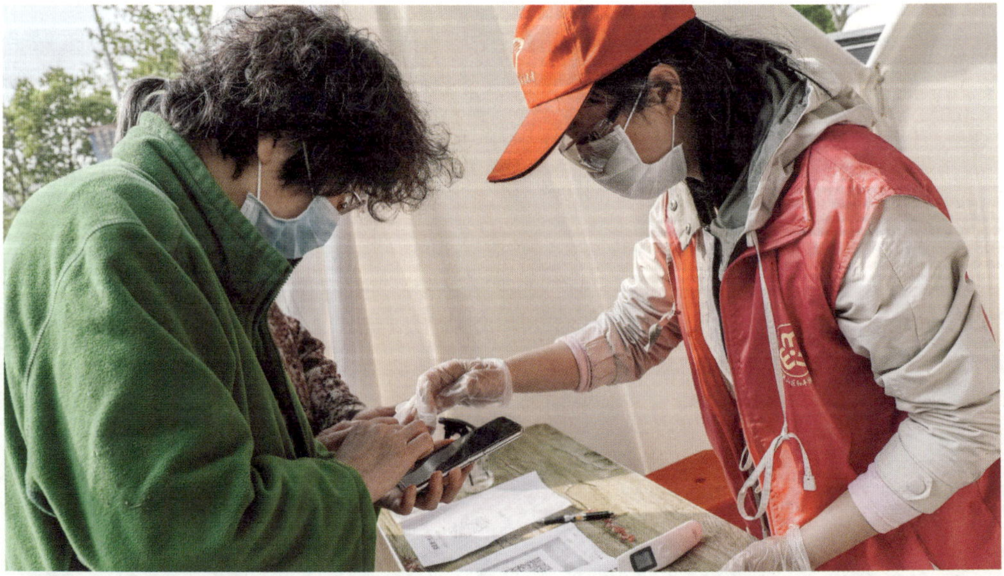

社区志愿者指导进出小区的居民扫码

武汉封城第 73 天……

今日清明

2020 年 ╱ 4 月 4 日 星期六

多云转阴天，9℃～ 20℃

这一天，汽笛长鸣，江水呜咽，举国哀悼。悲恸之后，在灾难中奋起，在铭记中前行，生者将更加坚强地活着，因为这是对逝者最深沉的缅怀和最真挚的告慰。逝者安息，英雄走好！

深切悼念新冠

4月4日上午，湖北省暨武汉市深切悼念新冠肺炎疫情牺牲烈士和逝世同胞活动在汉口江滩举行

哀悼过后，好好活着

邢程，男，导演，疫情防控期间参与援鄂抗疫宣传工作

2020 年 4 月 4 日，全国哀悼新冠肺炎疫情牺牲烈士和逝世同胞。

从零点开始，微信朋友圈除了国旗的颜色，只剩黑白，肃穆中寄托着哀思。全国停止了一切娱乐活动，房间里的网络电视，也只有关于抗疫的节目。

10 点整，我正踩着一辆共享单车，突然防空警报响起，我知道，那一刻，开始了……停车，脱帽，肃立，默哀，不由得潸然泪下。

按说，我在抢救室见多了生生死死，早应超出悲喜之外。但是，也许，这次不同，我不仅见到了伤痛，那份伤痛，也属于我。

3 分钟的时间怎么那么漫长，好像很久很久。

哀悼的鸣笛逐渐平息，马路上的车流又恢复了。踏上车，我用力地挺直了我习惯驼着的腰杆，迎着午前的阳光，快速地踩了起来。我要感受那种耳边有风吹过的律动。因为我知道，悲恸过后，我们要更好地活着。

4 月 4 日是我早已安排好的一天。我在 14 天前，到武汉血液中心捐献了两个治疗单位的血小板，相当于 400 毫升血液。因为我偶然得知，由于疫情的原因，血液中心的血液非常紧张，很多患者用血告急。当时我就决定，用力所能及的方式，为这场疫情，为这座城市，贡献一点力量。

经过非常严格的检测，我的两个单位血小板顺利入库，供给临床。那天，抽血的小护士说血库缺血，尤其缺我这种 AB 型的，如果我愿意，14 天后，我可以再捐献一次。我说："好，如果那个时候我没有离开武汉的话，我一定来！"

就这样，4 月 4 日，成了我计划内的一个献血日，也非常巧合，和全国哀悼日同一天。10 点前，我第二次的两个单位血小板顺利采集，供给临床。护士居然记得我，说没想到我真的又来了，我的血液可以帮助 4 位患者渡过难关。

我在这里，为这座城市，为活下来的人，做了我能够做的一点小事。

我们为逝去的英雄、离去的同胞哀悼。而我们哀悼的目的，是为了更好地珍惜生活。

我骑着单车，前面是武汉长江大桥，我脸上的眼泪，都吹干了。我着一身黑衣，伤感，肃穆，但是我心里也得到了些许慰藉。因为，哀悼过后，我还要努力，为了大家好好活着。

人已去，花犹在

翁江，男，武汉市民，新冠肺炎患者，经治疗后康复，其父母感染新冠肺炎去世

今天全国举行哀悼活动，悼念新冠肺炎疫情牺牲烈士和逝世同胞，他们的生命永远停在 2020 年的早春。昨天晚上给父母送纸钱，在他们生前住的地方看了看——卧室还是保持着他们走之前的样子。

父亲生前没有别的爱好，唯一喜欢的就是种些花花草草，对待这些植物比对自己的孙子还要好，冬天生怕冻着它们，所以把最喜爱的都搬到室内了。昨天晚上回家，发现有两盆海棠花开得异常茂盛，这种花还是好多年前过年的时候从石家庄二舅家横刀夺爱“抢”来的。

今年花开得格外好，可惜花犹在，人已去。

武汉封城第 74 天······

2020 年 / 4 月 5 日　星期日

多云，12℃～ 20℃

试验疫苗，撸袖献血，普通人没有豪言壮语，多少见义勇为，只化为平淡一句：“尽了自己一份力，仅此而已。”

我们就是一对普通夫妻

张晶，女，武汉市民，新冠病毒疫苗试验志愿者 064 号，其丈夫赵威为 066 号志愿者

今天是我和先生赵威新冠病毒疫苗首期临床试验医学疗养观察期的最后一天，我和他状态都很好，很激动也很开心，我们圆满完成了第一阶段任务，正式结束医学疗养观察期。现在我们回来了，一切都回到生活的正轨，要努力开始“搬砖”，也要养家糊口呀。

昨天在群里就接到通知，我们 3 月 22 日注射疫苗的志愿者，今天中午吃饭后要到楼下大厅集合，转到接种点进行抽血和 CT 检查，检查完后就可以回家了。下午 1 点半我们到达接种点，开始按编号顺序进行。之后还交换了疗养观察期间的接种日记卡，并领取了新的日记卡。也感谢疫苗研发团队给我们的感谢状，这个荣誉我们会永远珍藏。下午全部流程顺利完成，我和先生踏上了回家的路。

回到小区门口，我心里还担心不让我们进去。门岗的工作人员看到我们，说现在进出小区，需要用微信或支付宝扫码。于是我掏出手机，醒目的绿码，畅通无阻。回到家已到吃晚饭的时间了，我看着先生。“不用看我了，饭来张口的日子结束了，开始自己动手吧。”先生回我一句。哈哈，还真是怀念隔离疗养期的日子啊，像是在做梦一样！自己动手，丰衣足食，爆发吧，我的小宇宙！

先生回到家的第一件事就是去看鱼缸，结果很不幸，鱼缸里的鱼儿“全军覆没”了。“没事，改天重新再去买几条，又是一个新的开始。”反而是先生劝慰我了。是的，本次行程到此为止，新的旅程即将开始。

能成为一名志愿者，是我的荣幸！志愿者的荣誉我会好好珍藏，因这次志愿活动而结识的朋友我也会好好地珍惜。未来的路还很长，我们也要一步一个脚印，慢慢地走下去。“英雄”“伟大”“勇士”“志愿者”这些标签也将逐渐淡出我的生活，我和赵威就是一对普通夫妻，尽了自己一份力，仅此而已。

撸起袖子去献血

徐泽攀，男，武汉市民，疫情防控期间参与志愿服务工作

市政府向全社会发出献血倡议，呼吁 18—55 周岁、身体健康、无基础性疾病、无新冠肺炎感染史或接触史的市民无偿献血，帮助临床患者渡过生命难关。疫情期间因防控需要，大部分市民在家自我隔离，街头出行人数断崖式下降，但随着武汉战“疫”形势越来越好，全市已有 60 余家医院恢复诊疗工作，门诊量、住院量均不断上升，尤其是白血病患者、产妇、肿瘤以及其他手术患者急需血液，血液需求量逐日增大，血液供应一刻也不能停。

发了微信朋友圈后，我和几个兄弟约好今天一起去采血点献血。通过武汉血液中心微信公众号公布的登记信息发现，我不符合献血要求（三天前由于慢性咽炎，吃了阿莫西林抗生素）。从今天起停药，多喝水，争取 5 天后能去献血。

在武汉的兄弟姐妹们，如果你身体健康、无其他疾病，走出家门撸起袖子去献血吧！如果你献 200 毫升，从扎针到完毕只需 3 分钟，非常快捷，护士小姐姐也很温柔。武汉交通已经恢复，武汉的爱心市民一起来“搭把手”吧！

武汉封城第 75 天……

2020 年 / 4 月 6 日 星期一

晴天到多云，12℃～ 23℃

隔离在家，却无法隔离想念。疫情下空间的阻隔，却让人们的心贴得更近。快了，就快回到往日的生活啦；快了，就快见到想念的人们啦。

与校园重逢

刘林立，女，武汉理工大学附属小学教师，疫情防控期间参与“空中课堂”教学工作

昨晚，因为憧憬与校园的重逢，12 点了我还辗转反侧、难以入眠。今早不到 6 点，我就激动地起床为返校做准备。我知道，在帽子、眼镜、口罩的全副武装下，即使我不洗脸，也无人能知。但我还是洗头洗澡，收拾一番，想以最饱满的精神、最清爽的面貌与校园郑重相见。

早上 7 点半不到，我就迫不及待地出门。不久车停在了学校门口，我有些迟疑。近乡情更怯，不敢问来人。我挺直身子，下车，站在马路对面与校园对视良久，才慢慢走过去。以前，我十来分钟就能走到的校园，这次竟然用了 70 多天！

进了校门，远远地，我看见来分发教材的杨老师和她先生，我们关心地凝望，热切地招手，急切地问候，三人向一楼教室走去。那儿码着一摞摞书，这些就是今天我们要分发的教材了。汤校长、王老师来后，我们把桌子抬到电子栅栏门口，把教材分年级摆放好。这时，才 8 点。

离家长来领教材还有半个小时，我想起孩子们托付我帮他们看看校园。我一一去察看孩子们心心念念的地方，拍照上传到班级群里，并回复他们说：“你们的牵挂，刘老师都帮你们好好地看了又看，把你们的问候也都带给了它们，请你们在照片中与校园重逢吧！”

8 点半到了，陆续有家长来领书，我们有条不紊地分发着。突然传来一声“刘老师好！”，我惊讶地抬起头——竟然是我的学生彦清！“彦清，我好想拥抱你啊！”彦清和我不约而同地伸出双手，穿过电子栅栏，我们隔空握手，旁边的瞿校长拍下了 2020 年春天师生相逢的瞬间。

11 点半，我们顺利完成了教材分发工作。走在回家的路上，回望校园，我想，不久的明天，我和我的学生一定会回到校园，那时我们会开心地深情相拥，为健康地归来，为共同的成长。我们也会明白，疫情下的时间被放慢了，爱的感受却日久弥深，平日里我们都怠慢了那些静好的岁月啊。

4 月 5 日，武汉市光谷第四小学的教师在操场上对新学年课本进行分类包装

小区又有了生机

王茨安，男，武汉市民，疫情防控期间居家

早上，老婆做了煎鸡蛋和藜麦肉松米饭团。我吃了一个煎蛋、两个饭团，还有四个小番茄。

今天公司复工了，真的很想念我的同事们，他们还好吗？

我翻出好几年前写的一部长篇科学叙事诗《地球哀歌》，开始对它进行修改完善。通过这次疫情防控，感觉这本书有很多内容要增加。

再过两天就要解封了。人类历史上，把一个千万人口的城市完全封闭起来，大家宅在家里，这恐怕是前所未有的。除了感谢那些为武汉拼过命的逆行者，感谢我们的国家，还应该感谢我们武汉人！

中午，站在阳台上，看见楼下小区又有了欢声笑语，那是一群戴着口罩在嬉戏的孩子们。

这是 70 多天久违的场景！寂静的小区又有了生机。

一位市民在西北湖公园赏花

武汉封城第 76 天……

2020 年 / 4 月 7 日　星期二

晴天到多云，10°C～ 24°C

武汉动车段近百组高铁整齐停放蓄势待发，只等启程。经历了艰难困苦、鏖战胶着的封城，因疫情阻隔、分离的武汉人都结成了生死之交，巴望着开城。

为冬天送行

董宏猷，男，作家，疫情防控期间居家

今天是封城第 76 天。武汉阳光灿烂，气温升高。一到零点，便是 4 月 8 日，是武汉开城的日子。这是一个历史时刻。一个千万人口的大城，3100 个社区，7000 多个居民小区，420 万户家庭，一声令下，整整封闭了 76 天，这是人类历史上罕见的大事件。而我们便是这一历史事件的亲历者与参与者。千言万语，悲欣交集。心中纵有千千结，此刻如何诉说？

今天，接到好几个外地朋友的电话，询问开城的事情。我只能这么简单地回答，明天，是开城门，不是开家门。明天，是“解封不解防”，所有的小区依然严控着，出入卡口必须登记。倘若恢复以前那样的自由出行，撤离所有小区的卡口，在全球疫情凶猛蔓延的大背景下，在面临境外输入和还存在无症状感染者的严峻时刻，恐怕还需要很长的时间。何况钟南山等院士专家一齐喊话：疫情防控要警钟长鸣，不能松弦。

整整 76 天。武汉失去了许多生命，他们没能走到今天，让我们一想起他们，就悲痛难过。同时，武汉也诞生了许多新的生命。截至 4 月 6 日，武汉市妇幼保健院一共诞生了 2238 个新生婴儿。他们是上帝派来的天使，在武汉最危难的时刻，来到人间。一个父亲给自己的女儿取名“安安”，祈愿美丽的女孩平安，也祈愿英雄的武汉平安。

少年时代读杜甫诗“剑外忽传收蓟北，初闻涕泪满衣裳”，怎么想象，也体会不到杜甫那时的心情。此刻，听到开城的消息，开始体味“涕泪满衣裳”的感觉了。朋友们问我：如果开城，最想做什么？说实话，我最想做的，就是自由地到公园的草坪上，去晒太阳，去嗅青草的气息。在家封闭太久了，晒太阳是一件奢侈的事情。晴朗的日子里，早上，太阳是从我的窗口斜射进来的。我常常抓紧时间，坐在三角形的阳光里，随着阳光的移动而移动。

“有多少天没有走在阳光下了。有多少天，窗外不是下雨，就是下雪，电闪雷鸣。阳光像粮食和蔬菜，稀罕而珍贵。大城空寂。那些阳光的朋友，此刻，都在窗口。伸出双手，让阳光轻轻地，抚摸双臂，然后是手腕，然后，是掌心，十指，最后，

武汉动车段高铁列车整齐停放蓄势待发

在指尖，停留了很久。”

这是我在日记中写的诗《终于可以晒太阳了》。历经 76 天艰苦卓绝的战斗，这一天终于渐渐地走来了。昨晚，与天心书院院长陈伯安先生聊起开城。今天，他发来一段感悟，令人深思：

封城的日子，沉寂而漫长，让我们的心灵，经历了前所未有的洗礼。家国之痛，同胞之哀，无不萦绕于心！可歌可泣之事，感人肺腑之人，无不印证古圣所说的“疾风知劲草，板荡识诚臣”。

危难之际最见世道人心，亦最磨世道人心。国在则家在，国强则民安；幸福不是身外之物，而是岁月静好，心灵常惬；健康之基不是良药补品，而是旷达之心态，有度之运动，适宜之饮食；人生意义，绝不仅指事业成功，还须有终身受益之雅趣清操，方能享受“踏遍青山人未老”的乐趣；对天地自然须存敬畏之心，对伦理道德要有恪守之诚。庄子说得好：“天地有大美而不言，四时有明法而不议，万物有成理而不说。”

诚哉夫子！开城以后，一起品茶赋诗的日子，应该不远了。

武汉开城是一个历史的象征。现在看来，在全球抗疫的大背景下，武汉开城还不能是一个句号。我们不知道疫情还会蔓延多久，但是我们知道，人类一定要竭尽全力，共同携手，控制疫情，拯救生命。

封城以来，一直在写日记和札记。每夜也选择发一首歌，同时用文字记录当天的心情。今晚的歌，是洪凯作曲并演唱的《为一个冬天送行》。“让大地珍藏每个生命，让天空爱抚每个魂灵。让我们用一个春天，为一个冬天送行。”

大城开启。春天来了，让我们去迎接她。

久违了，武汉！

梁依峰，男，武汉市公安局洪山区分局民警，疫情防控期间坚守武汉的“南大门”

今天一大早，我们就起来了，已经不记得今天是星期几，但我们知道，过了今天武汉就要解封了。和往常一样，我们对卡口的管控仍未放松，战友们仍在认真核查进出城的车辆和人员，逐一登记并核查出城人员的相关证件，对不符合提前出城要求的车辆进行劝返。

“大家依次排队，手机拿出来扫码！”18 时许，收费站出城车辆已经排起了队，副站长潘勇正拿着大喇叭指挥调度，一个一人高的立板上贴着一幅二维码，车上乘客纷纷拿出手机扫码，利用排队等待的时间填报信息。在他的努力下，高峰期平稳度过，等他回来时，声音已经沙哑。

23 时许，收费站前聚集了 20 多台车，车牌多为粤、湘、桂字开头，车上人员都是过年期间滞留武汉的外地人员。我们对其进行疏导，让他们依次排队通行。

23 时 59 分，这一刻终于到了。

“我是洪山区分局张家湾公安检查站站长梁依峰，接到指挥中心命令，青郑高速武昌收费站所有警力，撤岗！”我一声令下，民警们撤除了收费站进口处的隔离栏和水马，早已等候在此的车辆鱼贯而出，畅通无阻地通过收费站，踏上离汉的旅途。

我默默地站立在路边看着绵延的车流，鼻腔中是久违的发动机尾气的气味，那气味充满了烟火气息！

今日解封……

2020年／4月8日 星期三

晴天到多云，9℃～25℃

零时起，武汉市解除离汉离鄂通道管控措施，有序恢复对外交通，逐步恢复正常生活秩序。当日，习近平总书记给东湖新城社区全体社区工作者回信，勉励他们发扬连续作战作风，抓细抓实疫情防控各项工作，用心用情为群众服务，为彻底打赢疫情防控人民战争、总体战、阻击战再立新功。

江城重启

杨舒桐，女，武汉市民，疫情防控期间居家

2020 年 4 月 8 日，从我们一家老小守在电视机前开始。

零时，百年江汉关的钟声穿过长江的重重浪涛，萦绕在三镇上空。

随着第一辆小客车顺利出城，武汉市解除离汉通道管控措施，有序恢复对外交通，离汉人员凭湖北健康码“绿码”安全有序流动。九省通衢的武汉的大门重新开启，泪水和微笑同时挂在我们一家人脸上，也挂在城中 900 万市民的脸上。

站在这个长江、汉江的交汇点，我的城市，经过 76 天的坚守，迎来重启。

一

今天凌晨，车辆通过各高速收费站出城。早上 7 时零 6 分，从武汉火车站始发开往南宁东的 G431 次列车启动。7 时 25 分，东航 MU2527 航班从武汉起飞，成为武汉天河机场恢复国内客运航班的“第一飞”……

一早，我走上汉口江滩。不远处的长江二桥上，车辆渐渐变多；江滩步道上，三三两两的市民在跑步、散步；从江滩出来，路边的小店开始下热干面、炸面窝；公交和地铁呼啸而过，带来了久违的早高峰……人们出门复工复产复业复市。

这些天，大家已经盘算好了接下来的“打卡行程”：

咖啡馆营业了，终于能在工作日早上来一杯浓浓的咖啡了；蛋糕店开业了，终于能和好姐妹拼单吃甜品了；武广开门了，网红直播推荐的口红色号终于能在柜台试试了；小龙虾上市了，下班后雪松路吃虾咵天美滋滋；花园道的酒吧在门口摆开了桌椅阵，户外喝喝酒吹吹风，江城的夏夜终于回来了……

这 76 天仿佛是一场梦，梦中有肆虐的病毒和心碎的瞬间。然而，这 76 天又是那么真实，这短暂而漫长的日子，让我们形成了很多“新习惯”：保持社交距离，人与人之间由握手、拍肩改为点头微笑；口罩成了“新时尚”，人人必备，每天佩戴；车厢里大家静默相隔而坐；进出小区、便利店、公司等各处，人们自觉测体温、出示健康码……

这种陌生又熟悉的感觉，让我深切地认识到，这不是一场梦，这次众志成城战疫情的经历，用这种微小的细节，时时提醒着我：我们经历过困难，但城市正在苏醒。

那曾经让我觉得千篇一律甚至枯燥乏味的普通的日子，是那么的珍贵和难得。

二

也许是因为年轻，过去，我对生活、对世界，从来没有过刻骨铭心的体会；最近，我总是在想，国家、城市、我们，这些宏大的词汇，到底代表着什么。

我只是一个普通的人，经过这 76 天，我见证了这座城市由至暗到破晓，我经历了从恐慌到无畏，我真正成为了“国家”“城市”“我们”的一分子。

回想 1 月 27 日，我抱着儿子在窗边，听到无数陌生的声音齐声高唱“前进！前进！前进，进！”小区里山呼海啸一般呐喊着的“中国加油”，怀中仅仅一岁半的儿子突然用稚嫩的、含糊不清的童声跟着喊起来：“加油！加油！”

我愣住了，先是惊喜，而后泪水不受控制，滚了满脸。我说不清为什么哭，只知道眼泪是滚烫的，和我们每个人的心一样，和我们身上的血一样，沸腾着，翻滚着。我任凭泪水肆意横流，和上邻居们的呼喊，跟儿子一起轻轻喊着：“加油！加油！”

我们站在这座城市中，她曾关闭了大门，把生的希望留给世界，把病毒和自己关在一起。我的朋友、亲人、同学，在市一医院、在燃气保供一线、在社区防控前沿、在新闻第一现场……与此同时，我自己和更多的人在居家战“疫”。七十几天中，各大医院灯火通明，是“我们”在与病魔斗争；火神山、雷神山医院拔地而起，是“我们”在争分夺秒；千万居民居家不恐慌，是“我们”在保证城市正常运转；直击现场，是“我们”成为人民的“眼睛与耳朵”……近一千万城内的人啊，是医护人员，是建设者，是保供人员，是志愿者，是文艺工作者，是学者，是媒体人，是患者，是普通市民……

正是这一个个鲜活的个体，组成了“我们”。我们经历了迷茫和苦难，却依然勇敢又坚定。我们是不信命的逆行者，明知山有虎，偏向虎山行。我们有一个共同的名字——江城儿女。

三

我，以及在城市中千千万万的“我们”，在今天，都会又一次回想起那些痛苦与无畏交织、希望战胜无助的日子。76 天中，城里的我们，听见了太多声音，看到了太多凡人英雄，经历了太多次感动。今天，朋友圈里满是一句话：“热干面回来了！”

近几日，光谷、王家墩、中南路……各大商圈的写字楼中陆续迎来了复工的人们，大家也正在社交平台上“晒”复工：

办公室里的花草居然还活着，落了一层层灰的工位被打扫一新，茶水间里恢复了人气，同事们甚至开始商量起点哪家奶茶店的外卖……

大家加足马力“啃”着堆积如山的工作。两个多月没有上班，好友告诉我，她在回到公司的第一天，第一次真心沉醉于工作，留下加班，做着做着忘记了时间的流逝，看到了凌晨四点的武汉……

“我们的‘新年’终于到了！”下班回到家里，好多武汉人在今天摆起了小家的家宴，拿出了鲜鱼、新鲜蔬菜和各种零食，打开啤酒和饮料，过起了属于我们武汉人的真正的“新年”！我们就是这么乐观，就是这么不信邪，就是这么热爱生活！

“近了近了，春天的脚步近了。”

年少时读这句话，觉得平平淡淡、普普通通，现在读这句话，我居然湿了眼眶。

无论是一直在城中的武汉人，还是重回武汉的人们，都感受到，武汉的春天终于来了。

江城再次敞开了怀抱，对她的游子，她的同胞，她的世界。

4月8日，汉口江滩，一对父女享受春日暖阳

4 月 8 日 0 时 0 分，武鄂高速龚家岭收费站离汉通道开启

4 月 8 日凌晨，武昌火车站，解封后离开武汉的人

4 月 8 日 6 时 30 分，武昌中华路码头首班轮渡向武汉关发出

后　记

新冠肺炎疫情是百年来全球发生的最严重的传染病大流行，是新中国成立以来我国遭遇的传播速度最快、感染范围最广、防控难度最大的重大突发公共卫生事件。病毒突袭而至，疫情来势汹汹，千万武汉人民，在习近平总书记的亲切关怀下，在党和政府的坚强领导下，在全国人民的大力支援下，同时间赛跑，与病魔较量，演绎了一个个可歌可泣的故事。世上没有从天而降的英雄，只有挺身而出的凡人。我们希望留在武汉战“疫”史上的，不仅仅是一串串冷冰冰的统计数据，也不仅仅是史家笔下难以企及的宏大叙事，我们要把那段时间处于疫情“风暴眼”中的芸芸众生，他们的恐惧、抗争和奋斗刻在历史的记忆里，虽然平凡，虽然琐细，但这些才构成历史真正的“硬核”，才是历史深处最动人的风景。

真实是本书的最大特点，这些日记记录的都是疫情防控之下武汉的真人、真事、真情，叙述的都是亲历、亲见、亲闻，最能反映当时武汉各方面的实际。本书以时间为轴，按时间顺序依次编排，展现了从 1 月 23 日上午 10 时封城到 4 月 8 日 0 时解封这 76 天里武汉人民面对疫情万众一心、守望相助的共同记忆。

本书在编纂过程中，得到了社会各界人士和广大市民的支持和帮助，广大医护人员及其他战斗在一线的工作者无私地把他们的日记贡献出来，对编纂工作给予了极大支持，表现了“大爱无疆”的博大胸襟；新冠肺炎康复者和居家市民也表现出了对我们这座城市的无比热爱。许多兄弟单位和个人对资料收集给予了大力支持，在此一并表示谢意。本书收录日记多，涉及范围广，资料收集工作难度大，时间紧，难免疏漏，希望得到广大读者和社会各界人士的批评指正。

抗击疫情，人人都是战士。武汉战“疫”，我们都在现场。谨以普通人的心血熔炼成此书，为英雄的城市、英雄的人民刻一座历史的碑。

人民至上，生命至上；感恩有您，致敬英雄！

《英雄城记》编写组

2020 年 9 月

本书图片作者

（排名不分先后）

熊琦　陈晓东　苗剑　陈卓　黄文瑞

柯皓　刘中灿　陈亮　刘洪凯　詹松

肖艺九　胡冬冬　宋枕涛　黄士峰　刘斌

金思柳　赵广亮　刘瑜　高勇　何小白

周超　李毅　郭良朔　史伟　邱焰

漆求喜　何晓刚　李鹏程　任勇　刘有志

吴亚　萧颢　刘宇　魏铼　张志韬

贾代腾飞